btb

Aus Freude am Lesen

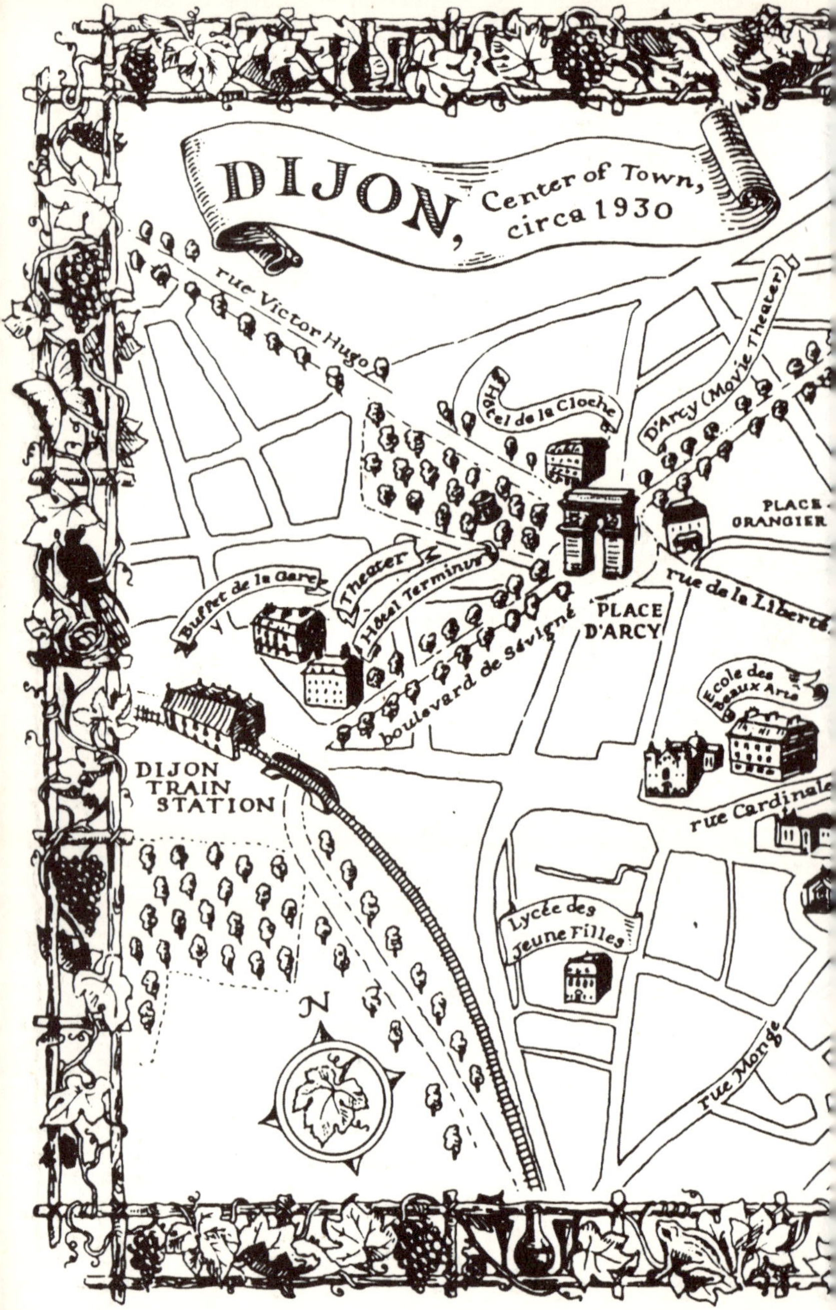

DIJON, Center of Town, circa 1930
rue Victor Hugo
Hôtel de la Cloche
D'Arcy (Movie Theater)
PLACE GRANGIER
rue de la Liberté
PLACE D'ARCY
boulevard de Sévigné
Hôtel Terminus
Theater
Buffet de la Gare
Ecole des Beaux Arts
DIJON TRAIN STATION
rue Cardinale
Lycée des Jeune Filles
rue Monge
N

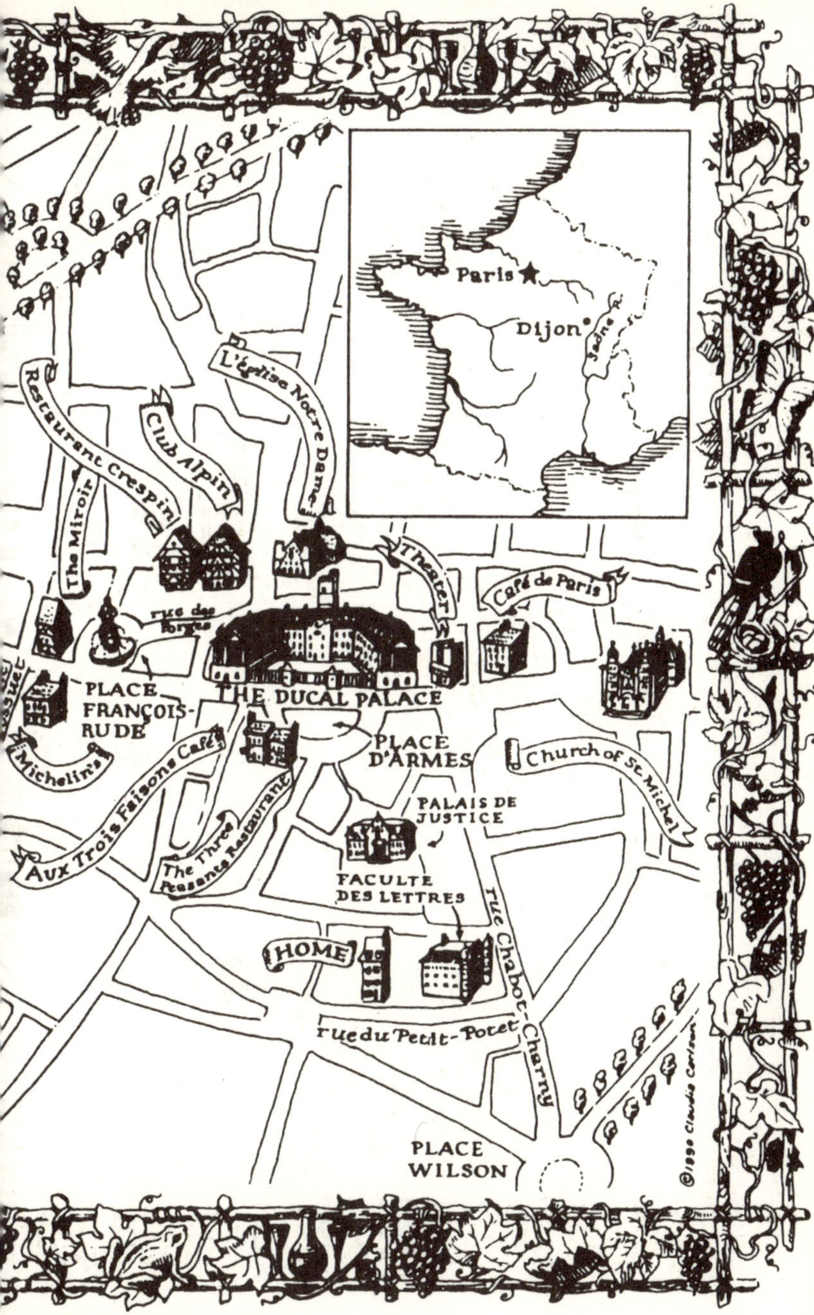
Paris
Dijon
Saône R.
L'église Notre Dame
Restaurant Crespin
Club Alpin
The Miroir
Theater
Café de Paris
rue des Forges
THE DUCAL PALACE
PLACE FRANÇOIS-RUDE
Michelin's
Aux Trois Faisons Café
The Three Peasants Restaurant
PLACE D'ARMES
Church of St. Michel
PALAIS DE JUSTICE
FACULTE DES LETTRES
HOME
rue Chabot-Charny
rue du Petit-Potet
PLACE WILSON
©1990 Claudia Carlson

MFK Fisher

# Köstliche Jahre

***Eine Amerikanerin im Herzen Burgunds***

*Aus dem Amerikanischen von Egbert Hörmann*

btb

# Die Aromen zwischen den Wörtern

von Egbert Hörmann

Es ist eine Freude, dem deutschsprachigen Lesepublikum die amerikanische Autorin MFK Fisher vorzustellen, die literarische Expertin zum Thema ›Küche, Kultur und Welt‹, weswegen John Updike sie *›the poet of the appetites‹* nannte. Das Magazin *Newsweek* bezeichnete sie als einen ›nationalen Schatz‹ und der *New Yorker* als ›die Katherine Hepburn der kulinarischen Literatur‹. Der Lyriker W.H. Auden behauptete sogar, dass niemand in den USA eine bessere Prosa schreibe als sie.

Fisher erweiterte Ende der 1930er und Anfang der 1940er Jahre das traditionsreiche französische Genre der kulinarischen Memoiren, indem sie etwas ganz Eigenes schuf, das im Rückblick avantgardistisch genannt werden kann – Texte, die an der Oberfläche zwar autobiografisch, episodisch, zuweilen auch ›kochbuchhaft‹ erscheinen, die aber unter der Haut sinnlich, offenherzig, feministisch, welthaltig und erkenntnisreich sind.

MFK Fisher hat sich immer an die Maxime gehalten, dass das Leben entweder ein kühnes Abenteuer ist oder gar nichts, und ihr Leben ist ein schöner Beweis für diese Einsicht. Die 21-Jährige heiratet 1929 Al Fisher, mit dem sie sich kurz nach der Hochzeit zum ersten Mal nach Europa einschifft. Ihr Ziel ist Dijon, wo ihr Mann die nächsten drei Jahre an einer Dissertation arbeiten wird. Die Begegnung mit dem provinziellen Dijon, heute wie damals eine typisch französische Stadt, die den unveränderten Charme vergangener Jahrhunderte in sich trägt, wird für die blutjunge Fisher schicksalhaft und richtungsweisend: »Erst heute weiß ich, dass ich in Dijon erwachsen wurde, zu lieben, zu essen und zu trinken lernte, kurz: ich selbst zu sein und nicht das, was von mir erwartet wurde.«

Vielleicht wurde die Lust am Sinnlichen und Kulinarischen durch die extrem asketische Küche ihrer Großmutter geweckt, die um Gewürze stets einen großen Bogen gemacht hat. Bereits während ihrer Collegezeit studiert Fisher alte Kochbücher und schreibt dazu kleine Essays, die in erweiterter Form 1937 unter dem Titel *Serve it Forth*, ihrem ersten Buch, erscheinen. Die Ehe mit Al Fisher zerbricht und 1940 heiratet sie ihren schwerkranken Mentor Dillwyn Parrish, der ein Jahr später auf der gemeinsamen kalifornischen Ranch Bareacres Selbstmord begeht.

Die Trauer über den Verlust ihrer größten Liebe, Depressionen, Schmerzen und Melancholie bekämpft sie – wie auch später immer wieder – mit Stoizismus, Pragmatismus, Disziplin und Arbeit. *Austern zum Beispiel*, ein bereits während der Krankheit ihres Mannes begonnenes *amuse-gueule* über Austern und Austernliebhaber, erscheint einige Wochen nach dem Tod ihres Mannes, und 1942, vom Kriegsgeschehen und von der Sorge um ihre europäischen Freunde geprägt, legt Fisher *How to Cook a Wolf* vor, in dem sie ihrer Überzeugung Ausdruck verleiht, dass eine sorgfältige Essenszubereitung und bewusster Genuss dazu beitragen, Kummer, Verletzung, Hunger jeglicher Art und jeden anderen ›Wolf‹ in Schach zu halten. Auch in der Literatur der Tafelfreuden gibt es verschiedene Schulen und Fisher gehört zur Schule des ›mystischen Mikrokosmos‹, in der das Geheimnis des Lebens, des Überlebens, das Wesen der Zeit und das Wissen der Generationen sich in der klarsichtigen Konzentration auf den Grundstoff des Lebens finden lassen: die Dinge, die wir essen – oder essen sollten.

1943 kommt Fishers erste Tochter zur Welt, wobei die Mutter nie die Identität des Vaters preisgibt. In diesem Jahr erscheinen auch die Erinnerungen *The Gastronomical Me*, ein Buch, das sie selbst als ihr persönlichstes bezeichnet. 1945 zieht sie mit ihrer Tochter nach New York, wo sie nach zweiwöchiger Bekanntschaft den Verleger Donald Friede heiratet und eine zweite Tochter bekommt. Ihre besondere Begabung für Freundschaften, ihre Fähigkeit zu Hingabe und ihre Opferbereitschaft zeigen sich, als sie 1949, nach dem Tod ihrer Mutter, ihr Haute-Bohème-Wanderleben und ihre literarische Karriere unterbricht und nach Whittier zurückkehrt, wo sie sich bis zu dessen Tod im Jahr 1953 um ihren Vater kümmert.

Danach zieht sie nach St. Helena im nordkalifornischen Weinanbaugebiet Napa Valley, das für die nächsten zwanzig Jahre ihre ›Basisstation‹ sein wird. Mit den Töchtern – die dritte Ehe wurde 1951 geschieden – unternimmt sie ausgedehnte Europareisen, deren wichtigste literarische Resultate die Bücher über Marseille und über das geliebte Aix-en-Provence sind. Auch wenn die nächste Dekade von wachsenden gesundheitlichen Problemen begleitet wird, so ist MFK Fisher doch auch äußerst produktiv. Die höheren Weihen des Gastronomie-Establishments erhält sie schließlich mit dem Auftrag, den Text für *Die*

*Küche in Frankreichs Provinzen* (1968) zu schreiben, der erste Band der legendären Time-Life-Reihe *Foods of the World*.

1978 wird sie von *Les Dames d'Escoffier International* ausgezeichnet, eine Vereinigung, die inzwischen alle zwei Jahre den MFK Fisher Award an Journalistinnen verleiht, die sich um die Entwicklung von Kochkunst und Tafelkultur verdient gemacht haben. Als Krönung ihres Lebenswerks wird Fisher 1991 in die *American Academy and Institute of Arts and Letters* aufgenommen. Am 22. Juni 1992 stirbt MFK Fisher an den Folgen einer langjährigen Parkinson-Erkrankung.

»Wenn ich gewusst hätte, wie lange ich brauchte, um die richtigen Fragen zu stellen ...« Dijon also, im Jahre 1929: Man fühlt sich bei diesem Lebensentwurf an Henry James erinnert, der ja auch gerne seine amerikanischen *ingénues* nach Europa und damit auf die Reise in das Bewusst-Sein schickte. Es ist der Beginn eines facettenreichen Coming-outs. Klima und Landschaft sind nach Proust die beiden Summanden, die den Menschen formen und gestalten – wobei man noch einen dritten, die Geschichte, hinzufügen könnte. Frankreich wird die junge Amerikanerin gütig, sanft und weise zu ihrer Entpuppung führen, ihr dabei helfen, die Schale des Überkommenen zu durchstoßen.

*Köstliche Jahre* ist dabei ein höchst amüsantes und anrührendes balzacsches Provinztheater voller Possen, Skurrilitäten, Minidramen und bizarrer Tragödien. Und es ist der Bericht einer erstrangigen Intelligenz, die sich nach F. Scott Fitzgerald dadurch definieren lässt, (mindestens!) zwei entgegengesetzte Ideen zugleich im Kopf zu haben und doch weiterhin zu funktionieren. Zum Beispiel gelingt es Fisher, mit psychologischer Finesse und distanzierter Empathie, die von ihr beschriebenen Menschen in ihrer ganzen widersprüchlichen Komplexität zu belassen, so auch in ihrer Integrität, die (paradoxerweise?) häufig in ihrer Unzulänglichkeit liegt – unvergesslich bleiben so die Damen Ollangnier und Rigoulot!

Die Kraft des unverstellten, direkten Gefühls und eine immer auch selbstironische Intimität sind die eigentlichen Stärken dieser Autorin. Was man empfindet, wenn man seine erste Auster schlürft, oder dass das Blut zu den Ohrläppchen schießt, wenn man ein schönes Steak verzehrt; Gedanken über die unzerstörbare, heilende Kraft von Zwiebeln, Sahne, Bränden, Brot und Schokolade, über das Gewicht sexueller Schüchternheit gegenüber den Menschen, die man am meisten liebt, darüber, wie man alleine speist und wie man alleine schreibt, gehören zu ihrer weit reichenden Philosophie des guten Geschmacks.

Die Vergangenheit ist ein fremdes Land … man könnte sagen, dass Erinnerungen dieser Art etwas verklärend Nostalgisches haben und sicher haftet ihnen das auch an, es ist unvermeidlich. Die Autorin ist zum Zeitpunkt ihres Schreibens älter, Frankreich und Europa haben sich verändert. Dennoch! *Köstliche Jahre* berichtet von einer jungen Amerikanerin im gegenseitigen Nehmen und Geben mit einer französischen Provinzstadt zwischen den beiden Weltkriegen. Es ist somit zwar ein genau datiertes Zeit- und Sittengemälde, aber wir können viele Jahre später die emotionalen und intellektuellen Reaktionen der Autorin auf ihre neue Umgebung und die ungewohnten Lebensumstände nachvollziehen, da Frankreich sein *savoir vivre*, seine

Verführungskunst, seine Faszination und seinen Charme – Globalisierung hin, McDonaldisierung her – weiterhin ungebrochen auf uns wirken lässt. Ja ja, sagen wir uns euphorisiert, sobald wir französische Erde betreten, hier können wir atmen, hier sind wir anders, irgendwie mehr wir selbst! Und in der Tat – gibt es etwas, das mehr Spaß macht, als in einem französischen Straßencafé zu sitzen und den Nachmittag einfach langsam und genüsslich bis in die Abendstunden ausklingen zu lassen?

MFK Fishers Beschwörungen der frühen unbeschwerten Jahre üben einen unerhörten Zauber auf uns aus. Es war ein glücklicher Tag für die Welt, als die junge Amerikanerin am 20. September 1929 in Dijon ankam, auf der Suche nach einer Wohnung an eine Haustür klopfte und über eine Schwelle und in ein neues Leben eintrat.

Meine Hochzeit war am 5. September 1929 in Südkalifornien und keine zwei Wochen später lebte ich in Frankreich. Erst heute weiß ich, dass ich in Dijon erwachsen wurde, zu lieben, zu essen und zu trinken lernte und damit ich selbst zu sein und nicht das, was von mir erwartet wurde. Damals lernte ich, dass es ein Segen ist, etwas von anderen Menschen anzunehmen, und dass jeder Mensch, ganz gleich welcher gesellschaftlichen Schicht er entstammt, meinen Respekt und meine Hochachtung verdient.

Nun denn ... es war der 20. September, als ich meinen Mann Al auf den Stufen der Faculté des Lettres in der Rue Chabot-Charny in Dijon, Frankreich, verließ und tapfer und allein das feuchte, dunkle und furchtbar alte Gebäude betrat. Al und ich trennten uns beinahe glücklich, da wir wussten, dass wir beide von dieser schönen Minute an für immer und ewig zusammen sein würden. Wir waren verliebt und so erfüllt von dieser besonderen Glückseligkeit, dass ich vergaß, dass ich die einzige Sprache, in der hier jeder ganz selbstverständlich redete, weder sprach noch verstand.

Irgendwie gelang es mir, mich in dieser neuen Sprache gerade so gut als möglich zu verständigen, dass ich eine Liste mit Unterkünften für ausländische Studenten erhielt. Dies war eine so berauschende Erfahrung, dass ich mich sogar für einen *Cours de Vacances* einschrieb, der von einem schüchternen, kleinen runden Mann mit rosaroten

Wangen geleitet wurde. Er wurde mir bald danach als Monsieur le Professeur Martenot vorgestellt, ein bedeutendes Mitglied der Fakultät. Dann spazierte ich durch die fremden Straßen, die mir von diesem Augenblick an nie wieder fremd waren.

Ehrlich gesagt weiß ich nicht, wie es mir gelang, mich in den gewundenen, engen Straßen zurecht zu finden. Ganz so, als führte mich eine Brieftaube oder ein Engel genau dorthin, wo ich mich hinbegeben sollte, stand ich plötzlich mitten auf der Place d'Armes, die sich im Zentrum von Dijon befindet und damit auch im Zentrum von Frankreich. (Und so blieb es, solange ich in dieser fremden, uralten Stadt lebte ...)

An diesem heißen Nachmittag schien es das Selbstverständlichste zu sein, über den großen Halbmond des schönen Paradeplatzes zu schlendern, der sich vor der monumentalen Fassade des Palais des Ducs erstreckt, und dann auf die Reihen von *fiacres* zuzugehen, die dort stets auf Fahrgäste warteten. Ich war noch nie in einem gefahren, obwohl ich ein oder zwei Nächte zuvor dem hellen Klang ihres Tripptrapps entlang des Quais unter unserem Fenster in Paris gelauscht hatte, und ich nahm diesen Klang ganz selbstverständlich als Teil der Realität des Traumes an, in dem ich von nun an leben würde.

Ich ging zu dem wartenden *fiacre,* der eine kleine braune Baumwollüberdachung hatte, um mir Schatten zu spenden. Der Kutscher war offensichtlich betrunken und das alte Pferd trug einen Strohhut mit Ohrenschützern, die aus einem dünnen roten Garn gehäkelt waren und aus der Hutkrempe hervorlugten. Es gelang mir, den alten Mann soweit wachzurütteln, um ihm die Adresse zu zeigen, die mir Monsieur Martenot gegeben hatte, und wir setzten uns wegen der Septemberhitze und der wohligen Trunkenheit des Kutschers langsam in Bewegung.

Nachdem wir die Rue de la Liberté hinter uns gelassen hatten, schlugen wir ein deutlich schwungvolleres Tempo an. Wir bogen nach rechts ab und ich befand mich zum zweiten Mal an diesem Nachmittag in der Rue Chabot-Charny. Direkt neben der heruntergekommenen *faculté* bogen wir etwas wackelig erneut rechts herum ab, um auf das unansehnlichste Haus in der kleinen Rue du Petit-Potet zuzusteuern. Wie alle anderen Wohnstraßen in dieser Stadt bot sie einen durchgängig ausdruckslosen Anblick hoher Fassaden, die von den großen Bögen der Toreinfahrten und von Fensterläden unterbrochen wurden. Wir hielten mit einem besonders eleganten Schwung vor der richtigen Hausnummer an und der Kutscher sagte mit lauter Stimme *»Et voici«*, bevor er wieder in seinen alkoholisierten Halbschlaf sank. Ich kletterte von dem geflochtenen, strohbedeckten Sitz auf die unebenen Pflastersteine hinunter und überquerte von diesem Haus magisch angezogen den schmalen Gehsteig.

Das Haus war zweistöckig, im ersten Stockwerk hatte es vier mit Holzläden versehene Fenster, im Erdgeschoss gab es ein großes, verriegeltes Fenster zu beiden Seiten des großen Torbogens, der von Holztüren fest verschlossen war. Ich fühlte mich allein und verängstigt, hatte aber immer noch das erhebende Gefühl, einen Einwohner dieser uralten Stadt kennen gelernt und mit ihm gesprochen zu haben.

Dann bemerkte ich, dass in die große, dunkle Holztür, die den Bogen ausfüllte, eine winzige Tür eingelassen war.

Mit entschlossener Miene und einer Aufregung, die seither nicht mehr von mir gewichen ist, klopfte ich an. Und heute weiß ich, dass dort, als die Tür aufging und ich über die Schwelle und in den Hof trat, mein neues Leben begann.

Jemand kreischte barsch, ich solle eintreten. Madame Ollangnier schoss aus der Küche heraus, die sich gleich hinter dem Esszimmer und unter dem ersten Treppenaufgang befand. Sie trug eine schmutzige Küchenschürze und ich konnte hören, wie jemand mit Pfannen klapperte und etwas gehackt und geklopft wurde.

Es war ein echtes burgundisches Stadthaus, das aus zwei Teilen bestand, einem vorderen Teil, der zur Straße hin lag, und einem rückwärtigen Teil, der einen engen Hof abschloss. Der Eingang zum gesamten Haus war die kleine Tür in der großen Doppeltür, durch die früher Kutschen in den Hof einfuhren. Gleich auf der linken Seite war die Tür zu einem Raum, wahrscheinlich ein Büro, wobei ich bald herausfand, dass es eine *salle de bains* war, die aber nie als Bad benutzt wurde. Es war ein ziemlich unordentlicher Raum, voll mit Körben und altem Plunder. Auf derselben Seite, dem Hof zugewandt, was ich aber erst später bemerkte, befand sich eine nahezu gemütliche Latrine und zu meiner rechten Seite bildete das erste Stockwerk eine lange Höhle, in der es zwei Türen gab, die früher vielleicht zur Wohnung der Concierge gehört hatten, worin nun aber das Esszimmer und die Küche des Hauses untergebracht waren. Dort, erklärte mir die Hauswirtin, würden wir alle mit ihr, ihrem Mann, ihrem Stiefsohn und ein oder zwei weiteren sorgfältig ausgewählten Studenten dreimal täglich ordentlich essen.

Am anderen Ende des trostlos wirkenden Hofes befand sich das, was man den Hauptteil des Hauses nennen konnte. Im Erdgeschoss waren vier wunderbare, große französische Türen eingelassen. Der erste Stock verfügte über vier Fenster, aber im zweiten, wo wir wohnen würden, gab es nur zwei kleinere Fenster.

Im Erdgeschoss, zu dessen großen, französischen Türen je zwei Stufen führten, befand sich das Büro von Monsieur Ollangnier, einem offiziellen Stadtarchitekten. Wir erfuhren bald, dass er oft aufs Land fuhr, alte Schlösser und Monumente zu begutachten, die er für eine öffentliche Nutzung entweder untauglich befand oder als zu kostbar, um Leute darin herumlaufen zu lassen.

Die nächsten drei französischen Türen führten zum *grand salon* des Hauses, der gegenwärtig das wunderschöne Schlafzimmer von Madame Bitsch beherbergte, der betagten Mutter von Madame Ollangnier. Sie war die zentrale Gestalt auf dem einzigen Gemälde des Esszimmers, denn, wie ich bald erfahren sollte, war sie eine echte Heldin, ein Mitglied der Ehrenlegion. Sie war im französisch-preußischen Krieg, als die Deutschen Frankreich überfielen, eine wichtige Anführerin bei der Verteidigung von Dijon gewesen. Madame Bitsch stammte aus dem Elsass und sie war vor den Deutschen nach Dijon gelangt, wo sie alle Hausfrauen auf die Straße trieb, um dort mit Bügelbrettern und Stühlen große Barrikaden zu bilden, die die Deutschen aufhalten sollten. Dann kletterten sie darauf und drohten den Invasoren mit ihren Besen, worauf diese kehrt machten, da sie nicht auf diese mutigen Frauen schießen konnten. So retteten die Frauen 1871 die Stadt Dijon vor den Deutschen, und Madame Bitsch wurde zur großen Heldin erklärt!

Auf dem Bild war sie eine große, kräftige Frau, die auf einer beachtlichen Barrikade aus Betten, Stühlen und Küchentischen stand, und zu rufen schien: Folgt mir! Folgt mir! *Allons les enfants!* Sie sah mit ihrem wilden Blick und dem wehenden Haar wie eine Verkörperung des ruhmreichen Frankreichs aus. In der Zeit, die wir dort wohnten, versuchte Monsieur Ollangnier wohl bereits zum zehnten Mal, dass ihr dafür ein Orden verliehen wurde, was ihm allerdings nicht gelang.

Madame Bitsch war mittlerweile eine winzig kleine, sehr, sehr alte Frau, und ich glaube nicht, dass wir einander jemals offiziell vorgestellt wurden. Wir warfen immer nur einen kurzen Blick auf sie, wenn wir aus dem Theater nach Hause kamen oder wenn wir nachts gezecht hatten und die große Treppe zu unseren Zimmern im zweiten Stock hinauf gingen. Sie saß immer ganz aufrecht in einem wunderschönen alten Bett mit großen, fülligen Kopfkissen, einer weißen Tagesdecke und einem roten Satinkissen am Fußende. Sie trug ein weißes Nachthemd, das sie von Kopf bis Fuß bedeckte, ein kleines, rotes Tuch um die Schultern und eine kleine, rote Nachthaube. Sie war auf eine altertümliche Art hübsch und romantisch anzusehen.

Sie schien schon etliche Male dem Tode nahe gewesen zu sein. Für Madame Ollangnier war sie eine Bürde, und in der ganzen Stadt machte man sich darüber lustig, dass Madame Bitsch mehr Sterbesakramente erhalten hatte als jede andere Frau in der Stadt, weil Madame immer voller Freude den Priester holen ließ und ausrief: Mutter stirbt! Mutter stirbt!!, und dieser Madame Bitch dann stets die letzte Ölung gab, worauf sie erneut zu Kräften kam.

Ich weiß nicht, ob diese Geschichte wahr ist, aber ich

weiß, dass Madame ihre Mutter wirklich liebte. Sie umsorgte sie wie ein kostbares Juwel.

Im ersten Stock des Hauses am hinteren Ende des Hofes befand sich tatsächlich ein Salon; ein kleiner Salon mit einem großen Klavier, denn Madame Ollangnier war Musikerin. Dann gab es noch das Schlafzimmer von Monsieur und Madame; darüber befand sich der zweite Stock mit kleinen Fenstern, wo wir wohnten. Auf der Seite des Hofes, die an den Garten des Erzbischofs grenzte, führte eine Treppe seitlich im Zickzack nach oben und verband die einzelnen Stockwerke der beiden Haushälften.

Im zur Straße gewandten, vorderen Teil des Hauses und über dem Badezimmer auf der einen und dem Esszimmer und der Küche auf der anderen Seite lagen zwei geräumige, wunderschöne Zimmer mit vier großen Fenstern zur Straße hin. Eines der Zimmer stand leer, sollte aber bald von einem tschechischen Mädchen bewohnt werden und später von Larry Powell – Lawrence Clark Powell –, meinem Freund vom Occidental College. Er kam einige Monate nach unserer Ankunft nach Europa, um seine Dissertation über Robinson Jeffers zu schreiben. Das Thema von Als Dissertation waren die Komödien von Shakespeare.

Das andere Zimmer bewohnte der Sohn von Monsieur Ollangnier: Monsieur Jo, den wir bald kennen lernten. Er war ein blasierter junger Mann mit feinen, langen Händen und lockigem Haar, das er immer nach hinten warf. Er war sehr sanftmütig und ganz und gar verweiblicht, ziemlich zerbrechlich sogar, und offensichtlich fühlte er sich dem Großteil der Dijoner Bevölkerung haushoch überlegen. Er war ein gutaussehender junger Mann, aber ich schenkte ihm wenig Beachtung, weil er auch mir wenig Beachtung schenkte. Ich denke, dass ich ihm gegenüber aufmerksamer gewesen wäre, wenn mein Mann nicht da gewesen wäre. Aber ich war total in Al verliebt.

Monsieur Jo entschied sich für das Uhrmacherhandwerk – sein Vater und seine Stiefmutter konnten ein Universitätsstudium nicht bezahlen – und begann eine Lehre beim führenden Uhrmacher Burgunds, der in Dijon tätig war und alle städtischen Uhren wartete, so auch die große Jacquemart, die mechanische Uhr hoch oben an der Fassade der Kirche Notre-Dame, eine der berühmtesten Uhren Frankreichs. Wir stiegen später mit Monsieur Jo zu ihr hoch. Es war eine merkwürdige alte Uhr mit Hämmern, Glocken und vier Figuren aus Eisen: Zwei kleine Kinder marschierten jede Viertel- und jede halbe Stunde heraus, und zu jeder vollen Stunde marschierten ihre Eltern mit ihnen zusammen von einer Seite der Fassade zur anderen. Der Mann war riesig, von zweifacher Lebensgröße, und er schlug die Stunde an: Bong!, worauf die Dame einen Knicks machte und die Kinder sich verbeugten. Um zwölf Uhr mittags blieben die Touristen stehen und blickten, wie auch die Dijoner, die zum Mittagessen nach Hause gingen, fasziniert auf das tägliche Spektakel.

Ganz am Ende der Treppe im zweiten Stock des Hauses, eigentlich im Dachboden, befanden sich die Räumlichkeiten, die Madame Ollangnier vermietete. Es waren zwei winzige Zimmer, lang und eng, und mit den grauenvollsten Tapeten, die ich je gesehen habe. Jedes Zimmer hatte ein großes Fenster, von dem man in den kargen, grauen, kleinen Hof blickte.

Der Eingang befand sich oben an der Treppe und dahinter lagen Lagerspeicher und zwei armselige Dienstbotenkammern. Das Schlafzimmer dieser Mieträume war mit einer Tapete aus senffarbenen und schwarzen, ca. zwanzig Zentimeter breiten Streifen tapeziert, und um es eleganter erscheinen zu lassen, wand sich an der Decke ein breites Band von American-Beauty-Rosen, das aussah wie Marmor – braun-, orange- und senffarben gesprenkelt. Außerdem umrahmten die Fenster ein Paar senffarbene alte Samtvorhänge und darunter war ein kleiner, brauner Heizkörper angebracht, der jeden Morgen ein fürchterliches Krachen, Klappern und Fauchen von sich gab, und da er sich direkt unter dem Fenster befand, stieg die Wärme einfach nach oben und entwich nach draußen.

An einem Ende stand ein riesiges, klobiges Bett und am Fußende des Bettes ein Schrank. Das Zimmer konnte gewiss nicht mehr als etwa drei Meter breit und sechs Meter lang gewesen sein, wobei sich das Fenster an einem Ende und das Bett am anderen befand, natürlich mit Nachttischchen zu beiden Seiten. Außerdem gab es noch eine Nische neben dem Schrank, wo wir unsere Kleidung aufhängten. Es gab weder einen Stuhl noch sonst etwas in diesem Zimmer; es war einfach kein Platz dafür da.

Dieses erste kleine Zimmer führte in das nächste noch kleinere Zimmer, das Als ›Arbeitszimmer‹ werden sollte. Die Tapete in diesem Zimmerchen wies mehrere purpur- und lavendelfarbene Schattierungen mit braunen Abtönungen auf – ein eher feminines *décor*, wie Madame Ollangnier betonte. Sie war grässlich, alt und fleckig und so französisch, dass wir sie sofort liebten. Ein niedriger Sessel stand neben einem zweiten Heizkörper unter dem Fenster, ein improvisiertes Bücherbrett war vorhanden genauso wie ein wackeliger Tisch zum Schreiben und ein einfacher

Küchenstuhl. An einer Seite des Zimmers befand sich eine Art Stauraum, wo wir unsere beiden Schrankkoffer, einige Kisten mit Büchern und leere Gepäckstücke unterbrachten. Heute kommt es uns komisch vor, dass Studenten damals so aufwändiges Gepäck hatten. Zu jener Zeit allerdings, selbst wenn man auf dem Zwischendeck reiste oder die so genannte ›Studentenklasse‹ nahm, wie wir es getan hatten, reiste man mit Schrankkoffern; man hatte Hutschachteln und man hatte Schuhschachteln. Und in Dijon verfrachteten wir all das ans Ende der purpurfarbenen Wohnzimmerkammer. Ich glaube, dass es in jedem Zimmer eine abgeschirmte Glühlampe gab, die mitten im Zimmer an der Decke hing – schrecklich, aber ich liebte sie. Wir liebten einfach alles an unserer Unterkunft.

Oben an der Treppe, außerhalb der Zimmer und in einen Winkel des Gangs gedrückt, war das, was man verschämt gerade noch als eine *toilette* bezeichnen würde. Sie verfügte über einen Eimer mit einem Deckel, einen winzigen, zierlichen Esszimmer- oder Küchenstuhl und eine klitzekleine Ecke mit einem Waschbecken und einem davor hängenden Wachstuchvorhang, hinter dem der Pinkelpott zu verschwinden hatte. Außerdem gab es ein kleines Abflussbecken und einen Gummischlauch an einem Wasserhahn, so dass man das kalte Wasser direkt in diese furchtbare kleine Schüssel leiten konnte.

Rechts neben der Schüssel war gerade genug Platz für einen einflammigen Gasbrenner und eine Schachtel Zündhölzer, hier machte sich Al morgens das Wasser für die Rasur in einem kleinen Soßentopf warm. Ich kaufte bald noch einen, damit wir Tee machen konnten.

Madame schob ihr hennagefärbtes Haar aus der Stirn, und ich gab ihr alles Geld, das ich bei mir hatte, obwohl ich noch nicht einmal die Meinung meines Mannes eingeholt hatte, und sagte unbeholfen, dass wir am nächsten Tag um die Mittagszeit einziehen würden.

»Wir?«, sagte sie mit der scharfen, spöttischen Stimme, die mir sehr vertraut werden würde und die mir an ihr so gefallen sollte.

»Ja ... mein Mann ... ich bin verheiratet.«

Sie lachte laut. »Schon gut, schon gut, bringen Sie Ihren Freund mit«, sagte sie, aber ihre Stimme hatte nichts Abschätziges.

*»Voir, 'tite 'zelle«*, rief sie eilig und verschwand in der Küche, während ich die Tür schloss und in den wartenden *fiacre* stieg. Aber bevor wir losfuhren, kam sie laut rufend auf den schmalen Gehsteig gerannt und hatte ein bekritzeltes Stück Einwickelpapier in der Hand, einen Beleg über die von mir bezahlte Summe.

Ich drehte mich um, um ihr beim Davonfahren zuzulächeln. Sie stand mit einem Bein auf der hohen Türschwelle, die Hände in ihre Schürze geschoben, und sah mich mit einer Mischung aus Zuneigung und angeborener Missachtung an, die sie, wie ich bald feststellte, für alle Lebewesen empfand, jedoch hauptsächlich für Menschen.

Das Esszimmer bei den Ollangniers war gerade groß genug für einen runden Tisch, sechs oder acht Stühle und einen niedrigen Wandschrank, auf dem eine leere Patronenschachtel mit der Aufschrift *Souvenir de Verdun* lag, darüber hingen zwei kleine Hirschköpfe. Der Raum war hässlich und klein, fleckig und muffig, mit zahlreichen Senf- und Gewürzflecken auf dem schmutzigen, karierten Tischtuch. An der Wand hing das gerahmte Bild von Madame Bitsch, dessen Glas von Dampf und Fett verschmiert war. Auch die Wände, einfach nur verputzt und gestrichen, waren verdreckt. Die hohen vergitterten Fenster zur Straße hin waren ständig mit Fensterläden verschlossen. Eine einzelne Glühbirne hing über dem Tisch, aber mehr Licht war nicht nötig, da das Zimmer so klein war. Es war schäbig und furchtbar, aber immer voller Leben. Madame kümmerte sich hier nachts um ihre Geschäftsbücher, und wenn wir von Vorlesungen oder einem Film zurückkehrten und das Licht noch brannte, schlichen wir uns auf Zehenspitzen an der Tür vorbei.

Das Esszimmer war immer ein angenehmer Ort, wenn Madame sich darin befand. Ihre wundervolle direkte Art machte auch uns lebhafter, und nach dem Essen, wenn sie schließlich damit aufgehört hatte, die Köchin zu triezen und ihre müden Klavierlehrerinnenhände über die Tischdecke strichen, unterhielt sie uns aufs Beste.

Sie kam immer zu spät zum Essen; ihre Schüler waren meistens jung oder dumm, doch sie war selbst an den Stumpfsinnigsten unter ihnen zu interessiert, um sie am Ende der Stunde einfach wegzuschicken. Stattdessen hämmerte sie ihre Do-Re-Mi's auf dem großen Klavier unter unseren Zimmern so lange und so heftig in die Tasten, bis die Kinder endlich vor lauter Erschöpfung die rhythmische Monotonie der Tonleiter begriffen, bevor Madame sie nach Hause gehen ließ. Danach kam sie, mit tiefen Falten in ihrem roten Gesicht, in das Esszimmer herunter gerannt.

Wir hatten gewöhnlich bereits zwei Gänge hinter uns, aber da wir relativ langsam aßen, holte sie uns ein, noch bevor wir unsere Lippen abwischen oder einen Schluck Wein trinken konnten, den – auf ihre Anweisung hin – Monsieur Ollangnier in unseren Gläsern reichlich mit Wasser zu verdünnen versuchte. Madame Ollangnier aß wie eine Irre: Sie riss Stücke vom Käse und vom Brot mit ihren Händen ab, Krumen fielen ihr aus dem Mund, ihre Backen waren prall gefüllt, ihre Augen funkelten und Blicke flogen prüfend über Teller und Tassen. Von Zeit zu Zeit machte sie eine kleine Pause, um einen winzigen Bissen zwischen die feuchten, zarten Lippen ihres kleinen Terriers Tango zu schieben, der bei jedem Essen still auf ihrem Schoß saß.

Und all das wurde von ihrer Stimme übertönt, laut und bewusst ungehobelt, um sich über das affektierte Pariser Gehabe ihres Gatten lustig zu machen. Sie erzählte Witze, über die ihr eigenes, kräftiges Gelächter noch vor unserem in der hitzigen Luft ertönte, oder sie behauptete, dass Beethoven und Bach tatsächlich Franzosen gewesen seien, die von den *sales boches* bei ihrer Geburt entführt worden waren. Sie echauffierte sich über den letzten Krieg oder über eine Stieftochter aus einer ihrer drei vorherigen Ehen oder über die steigenden Preise und sprach in einem fieberhaften Redeschwall, der an Hysterie grenzte und uns in einem Zustand der Angespanntheit und des vergnüglichen Schreckens hielt.

Sie lachte immerzu: schmutzig, rüpelhaft, grob und auf ihre ganz eigene merkwürdige Art aus vollem Herzen. Wir waren wie hypnotisiert: Al und ich und ebenso alle anderen gerade anwesenden Gäste, deren zusätzliche Francs so verlockend waren. Madame blickte in unsere Gesichter, als ob wir ihre Puppen wären, ihre dummen, aber Profit bringenden Puppen. Ihre liebenswürdig spöttischen Augen taxierten uns, befingerten den Stoff unserer Kleidung, wogen das Gold unserer Ringe ab. Sie sorgte dafür, dass wir besser aßen als alle anderen *pensionnaires* in der Stadt, und doch verdiente sie an uns mehr Geld als jede andere Vermieterin. Ich glaube, wir bezahlten pro Person monatlich etwa fünfundzwanzig Dollar oder einhundert Francs, für Kost und Logis. Das erscheint heute unglaublich, aber so war es damals eben.

Das Essen war tatsächlich sehr gut, obwohl Madame Ollangnier extrem geizig war und jeden Sou umdrehte. Sie genoss einen sonderbaren Ruf und jeder in Dijon kannte sie als die gerissenste Feilscherin, die knallhärteste Kundin, die je die Märkte der Stadt heimgesucht hatte. Einer ihrer Ehemänner war ein Pfandleiher gewesen ... aber dem Klatsch nach hieß es, dass sie ihm sein ganzes Wissen beigebracht hätte. Man hielt sie für wohlhabend und ich vermute, dass sie das auch war.

Sie war unerbittlich mit sich selbst, eine große und stolze Frau, die jünger aussah als viele halb so alte Frauen, abgesehen von der Härte ihres Mundes, der schön geschwungen war, wenn er geschlossen blieb. Sie beaufsichtigte die Essenszubereitung, gab Musikunterricht, spielte bei durchreisenden Musikveranstaltungen im Orchester mit, schlief, sofern er ihr gefiel, mit dem Hauptdarsteller (weiteren Klatschgeschichten zufolge) … und erledigte alle Markteinkäufe.

Erst einige Jahre später wurde mir klar, dass der Einkauf von Lebensmitteln selbst für nur zwei Personen in einer Stadt von der Größe Dijons bedeutete, dass man, schwer beladen, zwei oder drei Tage die Woche vom großen Markt zur *charcuterie* um den Block, dann zum *primeur* und dann zum Milchgeschäft hastete. Und Madames System war aufgrund ihrer Sparleidenschaft sogar noch komplizierter.

Ladenbesitzer senkten automatisch ihre Preise, wenn sie Madame Ollangnier kommen sahen, aber selbst dann betastete sie immer noch argwöhnisch die besten Bananen und verlangte, die zurückgehaltene Ware zu sehen. Und schon ging die Klapptür zum Keller auf, durch die Madame sogleich hinunter kletterte, gefolgt vom armen kleinen Obsthändler. Die kühl und luftig aufbewahrten Bananen wurden von ihr beklopft und beschnüffelt, schließlich riss sie auf allen Vieren die grünlichen Winzlinge ab, die am Stiel der großen Bündel wachsen. Sie waren wertlos: Der Händler musste zugeben, dass er sie seinen Kindern zum Spielen gab und schon landeten sie für vielleicht zwanzig edelmütige Centimes in dem schwarzen Einkaufsnetz … und einige Tage später wurden sie mit Sahne (zum halben Preis, weil sie bereits sauer wurde) und Kirschschnaps (billig erstanden, da er nicht ordnungsgemäß gekennzeichnet war und Madame schon zu viel über das Privatleben des Weinhändlers wusste) serviert. Sie waren immer köstlich.

Und während sie im Keller war, packte sie noch eine Handvoll leicht lädierter Orangen und eine Kokosnuss mit einem Riss ein, vielleicht sogar ein paar keimende Kartoffeln. Der kleine Obsthändler schüttelte verwirrt und bewundernd den Kopf, wenn sie schließlich aus dem Geschäft davoneilte. Selbst wenn Madame Ollangnier eine Medici gewesen wäre, hätte sie ebenso knauserig gehandelt. Es machte ihr einfach Spaß und sie war in der Lage, aus Nichts etwas Tolles zu zaubern. Die Leute waren fasziniert davon, was wir aßen: »Oh, Madame Ollangnier! Da isst man gut!« Uns schmeckte es und es war fremdartig – anders als jedes Essen, das ich je zuvor gegessen hatte. Es gab immer wunderbare, große Salate, die meistens von Monsieur Ollangnier am Tisch zubereitet wurden. Er gab etwas Olivenöl, Essig, Senf und ein wenig Salz und Pfeffer in eine große Schüssel, was immer einer Zeremonie glich. Jeden Mittag gab es einen Salat, entweder vor oder nach dem Fleisch, und immer Käse, dessen Datum abgelaufen und der dennoch immer sehr gut war.

Es gab jede Menge Erdartischocken, die sehr billig waren. Sie waren köstlich und süß, meistens frittiert zu kleinen knusprigen Dingern, die wir ab und zu mit Sahne aßen. Außerdem gab es die unterschiedlichsten Apfelsorten mit Wurmlöchern darin.

An die Desserts erinnere ich mich kaum noch. Am Sonntag ging Monsieur immer zur *pâtisserie*. Alle Männer standen mit Schachteln von der *pâtisserie* herum. Sie gingen zur Messe und auf dem Weg nach Hause zur Bäckerei, um Kuchen zu kaufen. Der Bäcker wickelte eine kleine Schnur um die Schachtel und dann trugen die Männer die Schachteln an der Schnur, so als wären sie die Lieferanten für diesen sonntäglichen Luxus. In jeder französischen Stadt, in der ich gelebt habe, machten die Männer das am Sonntag, selbst wenn es sich die Familie eigentlich nicht leisten konnte.

Madame Ollangnier trug manchmal Diamantringe, die ihr ihre verstorbenen Ehemänner hinterlassen hatten, und wenn sie im Theater spielte, war ihr Haar frisch gefärbt und onduliert. Die restliche Zeit über, in der täglichen, hektischen Routine, legte sie keinen Wert auf ihre äußere Erscheinung, wenn sie mit Geldausgaben verbunden war. Sie hatte einen alten, aber respektablen Pelzmantel, eilte jedoch in drei oder vier alten Pullovern durch die Stadt, um ihn nicht abzunutzen, und selbst wenn diese die feuchte Dijoner Kälte nicht abwehren konnten, zog sie einfach noch mehr Schichten Unterwäsche an.

»Eugénie«, sagte ihr Mann eines Tages mit seiner präzisen, gereizten Stimme, wobei er schelmisch die Augen rollte, »es ist wohl kaum schicklich, dass eine Frau deines Alters herumläuft, als ob sie Zwillinge gebären würde.« Jo errötete bei diesem abstoßenden Hinweis auf die menschliche Fortpflanzung. Die Vulgaritäten seiner Stiefmutter, die er mit starrem Schweigen hinnahm, war er gewohnt, jedoch konnte er insgesamt darauf vertrauen, dass sein Vater sich wie ein Angehöriger der Oberschicht benahm, die beide so ernsthaft anstrebten.

Madame blickte sie kurz an. Zwei Männer, schienen ihre Augen zu sagen, aber keiner davon ein Mann ... Sie brach in schallendes Gelächter aus. »Zwillinge! Keine Bange, Paul! *Dich* würden die Dijoner niemals für Zwillinge verantwortlich machen. Wenn etwas anderes als eine Blähung meinen Bauch vergrößern sollte, dann gäbe es hier im Raum mehr Hörner als nur jene auf den Hirschköpfen!«

Ihre Augen waren zu zwei kleinen Punkten zusammengekniffen, blitzend und blau unter dem unordentlichen Haar. Sie war grausam, aber wir mussten oft lachen und selbst Monsieur Ollangnier grinste und strich sich über seinen kleinen Schnurrbart. Er starb täglich tausend Tode mit ihr, aber immer gelang es ihm, die Situation einigermaßen gesittet zu halten.

Sein fortschreitendes Alter nahm er widerwillig hin und trieb auf einer Flut von teuren Potenzmixturen von einem unerwähnten Geburtstag zum nächsten. Natürlich stand auf den Etiketten ›Rheuma‹, ›Grippe‹, ›Gicht‹, aber wir bemerkten seine Unruhe: Eugénie blieb so *jung* … Trotz seiner royalistischen Neigung und seiner offenen Verlegenheit gegenüber ihrer robusten Gewöhnlichkeit wusste er, dass sie mehr Leben in den Haarwurzeln hatte als er in seinem ganzen verschüchterten, versnobten Körper. Er versuchte seinen gezierten Sohn als Gentleman zu erziehen und zuckte jedes Mal bei ihrem burgundischen Akzent zusammen.

Die Küche war ein dunkler Raum von ungefähr drei Quadratmetern, dessen Wände mit Kupfertöpfen und -pfannen bedeckt waren und der über eine Wasserpumpe vor der Tür verfügte. Und in diesem kleinen Loch, das einen Amerikaner vor Ekel erschaudern ließe, stellte Madame Ollangnier täglich zweimal einige der besten Mahlzeiten her, die ich jemals zu mir genommen habe. Allerdings war es für die Köchinnen unmöglich, mit Madame Ollangnier zusammen zu arbeiten oder überhaupt dort zu arbeiten. Es war Madame einfach nicht möglich, anderer Leute Intelligenz zu vertrauen. Mangelte es ihnen hingegen an Verstand, kommentierte sie das sehr deutlich und immer mit dem lautstarken Gekreische einer Fischfrau. Während der Mahlzeiten machte sie kurze Abstecher in die Küche, um zu kontrollieren, ob der neueste dienstbare Geist das Fleisch saftig gehalten oder den Kaffee zum Filtern aufgesetzt hatte.

So konnte sie auch immer den Alkohol im Auge behalten. Alle ihre Köchinnen tranken früher oder später aus Verzweiflung. Madame nahm es philosophisch; anstatt die Weinvorräte zu verstecken, füllte sie die geleerten Flaschen mit Wasser auf und erzählte uns am Tisch laut davon als einem weiteren Beweis für die menschliche Dummheit.

»Die armen Dummköpfe«, sagte sie und ihr markantes, rot angelaufenes Gesicht war dabei nachdenklich und fast zärtlich. »Ich selbst ... was wäre wohl aus mir geworden, wenn mein Leben von den Küchenvorräten anderer Leute abhängig gewesen wäre? Ich hatte nur eine Köchin, die nicht zu trinken anfing, aber sie stopfte sich so mit gutem Essen voll, dass ihre Füße ihr Gewicht nicht mehr tragen konnten. Mir ist es lieber, sie torkeln anstatt sich voll zu stopfen.« Madame selbst trank aus einem tief verborgenen Grund nur zur Fastenzeit. Bei heißem, würzigem *Moulin à vent,* in den sie *Friandises de Carême* – so nannte man das Schmalzgebäck – tunkte, wurde sie zum Schreien komisch, dann herzlich und schließlich kamen ihr die Tränen. Das Gebäck wurde sofort matschig und war nur geräuschvoll zu essen; sie liebte es, ein langes Schmatzen hören zu lassen, das ihren Mann irritierte und ihre bittere Überzeugung befriedigte, dass wir alle wilde Tiere sind.

Sie ließ den kleinen Hund Tango oft weiche Stücke von den tropfenden Krapfen aus ihren schönen, großen Händen abbeißen und beide wurde immer liebevoller miteinander, bis der bedauernswerte Monsieur Ollangnier schließlich davonstürmte, die *Action Française* oder *Le Monde* unter den Arm geklemmt.

Madame hatte gern Kostgänger; sie amüsierten sie und sie brachten regelmäßig Geld ein, was ihr mit ihrer grandiosen Knickerigkeit monatlich einen satten Gewinn einbrachte. Als Al und ich einzogen, waren wir die einzigen Gäste, aber in den darauf folgenden Monaten, bevor sie das ganze Haus mit uns darin an die Rigoulots verkaufte, waren es ungefähr zwanzig Leute, die kamen und gingen, die meisten davon Ausländer.

Monsieur Ollangnier mochte uns eigentlich alle nicht leiden, aber zu Al und mir war er sehr nett, besonders zu mir, weil ich eine gute Studentin am Beaux-Arts war. Er war ein wirklich guter Architekt und verstand sehr viel davon.

Monsieur Ollangnier korrigierte auch immer mein Französisch. Das machte er ausgezeichnet und wir sprachen nie ein Wort Englisch miteinander. Er korrigierte meine Aussprache auf eine freundliche Art und er machte mich mit dem Namen Brillat-Savarins bekannt, dessen Familie aus Belley stammte, seinem Heimatort. Wahrscheinlich war unser Essen irgendwo auf dem Pflaster zusammengeklaubt worden, aber erwärmt, neu zubereitet und wunderbar gekocht war es, wie auch Brillat-Savarin, Gegenstand vieler Gespräche. Es war das erste Mal, dass ich überhaupt über Essen sprach. Als ich klein war, durften wir daheim »Mensch, das schmeckt aber toll!« nur sagen, wenn Großmutter nicht anwesend war.

Monsieur Ollangnier und Al unterhielten sich oft über gute Schriftsteller und die *Action Française* und über die von dieser Zeitung vertretene royalistische Politik. Er befürwortete unsere Freundschaften mit jungen Angehörigen der Aristokratie, der *petite noblesse* der Stadt, und gelegentlich nahm er uns in seiner Eigenschaft als Stadtarchitekt zu seinen Landhäusern mit, wenn auf dem Rücksitz des Autos, das ein Freund steuerte, Platz war. Wir sprachen nur, wenn wir angesprochen wurden, und saugten das gute Französisch in uns auf. Ich gewöhnte mir an, abseits von den Männern zu stehen, wenn wir bei den vornehmen *châteaux* anhielten, um in den alten Innenhöfen Wein zu kosten. Ich erfuhr damals, dass Frauen zu einigen der berühmten Keller niemals Zutritt erhielten, weil zu bestimmten Zeiten im Monat der Wein durch ihre Anwesenheit sauer würde. Ich achtete sehr darauf, nie einen Keller zu betreten, außer wenn ich persönlich vom Kellermeister dazu eingeladen wurde. Es kam mir nie seltsam vor allein herumzustehen, von den Männern häufig vollständig ignoriert; ich beobachtete sie aus der Entfernung und bemühte mich, nicht zu lächeln, wenn ich sah, wie mein Mann ihre Burgunder Umgangsformen nachzuahmen versuchte, wenn sie den Wein holten, schließlich eine erlesene Flasche öffneten und alle mit den Lippen schmatzten, murmelnd davon kosteten und ihn dann hinunterschluckten.

Diese zeremoniellen Ausflüge zu den Landschlössern fanden selten statt, doch sie waren für uns beide eine gute Übung und wir vermissten sie, als die Ollangniers am Ende unseres ersten Jahres auszogen und uns den Rigoulets als Erbstücke hinterließen.

»Warten Sie!« schrie Madame Ollangnier einmal gellend auf, als sie hörte, dass ich mit meinen einundzwanzig Jahren noch nie einen Kuckuck gehört hatte. Sie sah die höflichen Gesichter der anderen Kostgänger herausfordernd an. »Die junge Dame irrt sich«, sagte sie rundheraus. »Jeder hier in Frankreich hat schon einmal einen Kuckuck gehört.«

Als ich sie schließlich davon überzeugt hatte, dass man in Südkalifornien, das sie immer Nordmexiko nannte, keinen Kuckuck hören konnte, sagte sie, dass diese furchtbare Lücke in meiner Erziehung so schnell wie möglich geschlossen werden müsste: Unter allen Vögeln sei der Gesang des Kuckucks zweifellos der bezauberndste, der unvergesslichste und der melodiöseste. Er sei ›magisch‹, sagte sie. Und er sei der erste … was bedeutete, dass der Frühling da war und der Sommer bald kommen würde. Madame selbst würde mich am ersten warmen Apriltag in den Wald mitnehmen und wir würden zusammen lauschen, bis wir das silberhelle Flöten vernähmen …

Der warme Tag kam schließlich, ich schwänzte den Unterricht am Institut und Madame sagte zwei Musikstunden ab (»Die kleinen Dummköpfe hätten sowieso nicht geübt«, sagte sie. »Die Frühlingsgefühle …«), und wir gingen im Südwesten von Dijon mehrere Kilometer in die Wälder hinein. Wir liefen behutsam über die feuchte Erde, pflückten einige frühe Veilchen und Schlüsselblumen und warteten mit gespitzten Ohren auf das Rufen des Kuckucks. Madame hatte einen Ausdruck übersteigerter Konzentration auf ihrem harten, listig liebenswürdigen Gesicht. Mir wurde allmählich etwas kalt und die ganze Angelegenheit strapazierte doch ziemlich meine Nerven, als sie plötzlich ihren Kopf zurückwarf und eine wilde Folge von Schnattergeräuschen von sich gab. Ich erschrak zutiefst. Vorstellungen, von einer Wahnsinnigen im menschenleeren Wald zerhackstückelt zu werden, rasten durch meinen Kopf. Wer würde mich denn jemals finden?

Die Veilchen zitterten in meiner Hand und ich starrte mit Schrecken auf Madame, die ihre wilden Rufe fortsetzte. Und genauso plötzlich, wie sie damit begonnen hatte, hörte sie auf, lachte triumphierend und sagte: »Geschafft! Ich habe wieder für ein Jahr ausgesorgt!«

»Aber ...«

»Der Kuckuck, Sie dummes Ding! Haben Sie ihn denn nicht gehört? Je öfter Sie ›Geld‹ sagen können, bevor er aufhört zu singen, desto reicher werden Sie!«

Um es mir zu demonstrieren, legte sie wieder ihren Kopf zurück und jetzt konnte ich hören, wie sie ›Geldgeldgeldgeld‹ kreischte, schneller als ihre Zunge sich bewegen konnte. »Schade, dass Sie ihn nicht richtig hören konnten«, fügte sie hinzu »Sein Gesang ist zweifellos der schönste auf der Welt.«

In meinen Ohren klingelte es immer noch von ihrem wilden Gekreische und ich musste lachen, weil ich mich an die Worte von William Wordsworth erinnerte:

»O Kuckuck! Soll ich dich einen Vogel nennen
Oder nur eine dahinziehende Stimme?«

»Aber jetzt müssen wir uns beeilen«, sagte Madame. »Das Abendessen wartet, und da ich mich so viel reicher fühle, werden wir eine Flasche Schaumwein öffnen, meine teure kleine Nordmexikanerin! Wenn man sich das vorstellt, ein Land ohne einen Kuckuck!«

Für gewöhnlich saßen wir nach dem Mittagessen oder am Sonntag am Tisch und redeten über das Privatleben von Erzbischöfen und ähnliche Dinge. Mitunter hatte die Köchin einen Schluckauf.

»Hören Sie das?«, unterbrach Madame sich dann selbst. Dann rief sie in Richtung Küche: »*Imbécile!!*«

Wir führten unsere Unterhaltung fort und knackten verschrumpelte, köstliche Nüsse, die auf dem Kellerboden eines hilflosen Händlers zusammengeklaubt worden waren. Wir waren angenehm satt von einem gutem, gekonnt zubereitetem Essen, das mit einer habgierigen Genialität gewürzt worden war, die einen gekochten Schuh wie ein Milchlamm *à la mode printanière* hätte schmecken lassen. Möglicherweise *war* es ja ein gekochter Schuh ... aber nachdem Madame ihn schließlich zubereitet hatte, war er nahrhaft und duftete himmlisch, und so waren auch alle anderen Gänge, die sie täglich, wie in einem manischen Spiel, den drittklassigen Geschäften und ihrem eigenen Einfallsreichtum abrang.

Wenn wir so gemütlich in dem wohlriechenden Raum saßen, sah sie uns an, und während sie uns die seltsame Geschichte von einer ihrer Schülerinnen erzählte, die mit einem Priester durchgebrannt war, rechnete sie sich im Kopf aus, was jeder von uns für das gute Essen bezahlt und welchen Profit sie erzielt hatte.

*»Imbécile!«* schrie sie wütend, wenn wieder das hilflose Geräusch eines Schluckaufs aus der Küche ertönte. Und wenn wir schließlich vom Tisch aufstanden, schnellte sie zur Spüle in der Küche und wir hörten sie freundlich sagen: »Gutes Kind, Sie sind müde. Hier haben Sie Geld für einen Sitzplatz im Kino. Waschen Sie noch das Geschirr, dann gehen Sie ins Kino und ruhen Ihre Füße aus. Und bringen Sie ja keine Soldaten mit nach Hause! Denken Sie daran, dass die so genannten Neuvermählten gleich neben Ihnen wohnen!«

Darauf lachte Madame laut, und wenn es ein Sonntag war, ging sie in ihren kleinen *salon* und spielte Stücke aus dem großartigen Werk von Chopin… ganz erfüllt von Zärtlichkeit und Leidenschaft.

Ich saß oft am Fenster des kleineren unserer beiden Zimmer, das wir das Arbeits- oder auch das Purpurzimmer nannten. Ab und zu, selten während unseres ersten Winters, zeigte sich Madame Bitsch auf dem Hof, stets in einen langen warmen Hausmantel gekleidet und entweder am Arm ihrer Tochter, Madame Ollangnier, oder von Marguerite (der erste dienstbare Geist, der mir dort begegnete). Sie rief den Spatzen *»P'tit, p'tit, p'tit, p'tit«* zu, die darauf herbeigeflogen kamen und Brotkrumen aus ihren Händen pickten. Es war sehr rührend und ich schrieb darüber ein kleines Gedicht, das ich allerdings nie jemandem zeigte.

Der Hof war ungefähr sechzehn Meter lang und zehn Meter breit und er wurde auf drei Seiten vom Haus begrenzt. Die vierte Seite war eine hohe Mauer und ich konnte von unseren Fenstern aus über sie hinüber sehen. In unserem Hof wuchs gar nichts. Er war eintönig, nicht einmal mit Farbe gestrichen, einfach nur nackter Zement und grauer Stein. Und die Mauer war viel zu hoch, als dass jemand hätte hinüberklettern können, aber dennoch lagen auf ihr die üblichen Glasscherben, ein abstoßender, für die Gartenmauern französischer Kleinstädte typischer Anblick. Auf der anderen Seite gab es allerdings einen richtig angelegten Garten, in dem zwei kleine Bäume wuchsen. Er gehörte zur Residenz des Erzbischofs von Dijon.

Über die Mauer kam nie ein Geräusch herüber und ich

sah den Erzbischof nur selten. Er war ein großer Mann, hager und blond, und er stammte aus Bordeaux. (Die meisten Burgunder, auch die Frauen, waren klein und dunkelhaarig.) Die Straßen Dijons waren fast das ganze Jahr über etwas feucht, wenn sie nicht vereist waren oder gar unter Wasser standen, und ich erinnere mich, dass er etwas Purpurfarbenes zu tragen schien, vielleicht waren es seine Socken, und große, schwarze Schuhe. Er war ein kräftiger Mann, groß, aber nicht dick. Und auf den Schuhsohlen waren zwei große Kreuze, so dass er bei jedem Schritt ihren Abdruck hinterließ. Die Leute sahen verdutzt auf seine Fußabdrücke auf dem Straßenbelag und natürlich traten wir nicht auf sie.

Ich sah, wie die Autos von der Rue Chabot-Charny her auf das Haus gegenüber zufuhren ... das Haus von Gaston Gérard. Er war als Bürgermeister von Dijon eine furchtbar mächtige Person in dieser Region und ich beobachtete ihn ganz unverhohlen von unseren Zimmern aus.

Viele Würdenträger und Personen des öffentlichen Lebens besuchten das Haus, so dass auf der Straße oft ein geschäftiges Treiben herrschte. Etliche elegante Limousinen fuhren vor und wir hörten sogar Musik, wenn sich die großen Türen öffneten und wieder schlossen. Gaston Gérard zeigte sich dann und wann würdevoll auf seinem Hof mit Leuten wie Tardieu, Ministern und ähnlich hochgestellten Persönlichkeiten.

Er war ein kleiner, ziemlich dicker Mann, und als ich 1954 wegen der *Foire Gastronomique* nach Dijon zurückkam, war sein dünner, dunkler Schnurrbart offensichtlich gefärbt, das Haar über seiner Stirn wahrscheinlich abnehmbar, seine Zähne saßen nicht richtig (weil er es wie die meisten alten Männer hasste, Geld für ein neues Gebiss auszugeben) und seine schlanke Taille wurde möglicherweise von einem Korsett in Form gehalten (eine Freude und Beruhigung nicht nur für ihn, sondern auch für viele andere werte Männer und Frauen). Er war politisch noch immer einflussreich und in ganz Frankreich berühmt für seinen leidenschaftlichen Einsatz, dass die *Foire Gastronomique* endgültig die Vormachtstellung von Dijon als gastronomischem Zentrum der Welt begründen sollte. Er war schon immer eine extravagante Erscheinung gewesen und er versuchte unermüdlich zu beweisen, dass Dijon der Titel der Gastronomie-Hauptstadt eher gebührte als Lyon. Er hatte die *Foire Gastronomique* ein oder zwei Jahre, bevor wir zum ersten Mal nach Dijon kamen, gegründet.

Manchmal standen die Tore zu seinem Haus offen und ich schaute auf meinem Weg zum Unterricht an der Universität hinein. Ich konnte einen hübschen kleinen Innenhof sehen, der eigentlich nicht für Kutschen gebaut war. Ein Raum lag links von der großen Tür, wahrscheinlich für die Concierge, und an einer Wand war ein außerordentlich hübscher Brunnen angebracht, um den herum immer Blumentöpfe standen.

Das Haus selbst wirkte anziehend, ähnlich unserem, aber mit seinen hohen französischen Fenstern im Erdgeschoss war es schöner. Es war klein, eigentlich ein eher bescheidenes Haus, doch die Blumen gehörten zu den wenigen, die ich in annähernd drei Jahren in Dijon zu sehen bekam, bis auf einige, die im Sommer wahrscheinlich für die Touristen um die Brunnen herum zu finden waren. Dijon war wirklich keine Stadt der Blumen. Sie war, um genau zu sein, eigentlich hässlich. Die Mauern waren immer feucht und es war eine graue, düstere, dunkle, sehr provinzielle Stadt. Trotzdem liebte ich sie natürlich. Irgendwie hielt ich das alles für ganz normal.

Von meinem Fenster aus sah ich jeden Abend zu, wie die Straßenlaternen angezündet wurden. Alle Gaslampen in unserer Straße wurden von einem alten Mann bedient, der immer von der Rue Chabot-Charny her kam. Jeden Abend wurden sie zur gleichen Zeit angezündet. Im Sommer erstrahlten sie, wenn es noch hell war, und im Winter gingen sie erst an, als die Dämmerung schon längst hereingebrochen war.

Im Hof trug sich einmal im Jahr eine interessante Sache zu: Ein Mann kam vorbei, der sämtliche Füllungen aus all den Matratzen entfernte, sie reinigte und dann wieder füllte. Er erledigte das alles im Hof und er kümmerte sich um jede Matratze im Haus. Es nahm zwei oder drei Tage in Anspruch. Wir redeten nie mit ihm und er saß von morgens bis abends dort, bis er seine Arbeit erledigt hatte.

Der Blick aus meinem Fenster in den Hof ging direkt zur Tür der Familienlatrine. Sie befand sich an der Mauer zum Erzbischof. Ein angenehmer, kleiner Raum mit einer elektrischen Birne und dem schwachen Geräusch des schwarzen, dahinströmenden Wassers des uralten Dijoner Kanalisationssystems, das unter allen Häusern hindurch floss und vermutlich ein Nebenfluss der Saône war. Darin stand ein großer Krug mit Wasser, den Marguerite jeden Morgen füllte. Nach der Benutzung der Latrine schüttete man Wasser aus dem Krug hinein, bis sie wieder sauber war. Und ich glaube, es gab eine Bürste, die aus der festen, biegsamen Grasart gemacht war, die in Frankreich für Haushaltsbürsten verwendet wird; mit harten, winzigen Borsten. Auf der anderen Seite des Sitzes befand sich das französische Äquivalent zum Sears, Roebuck & Co-Katalog, der früher wohl in jedem ländlichen Abort Amerikas lag. Wir rissen zwei oder drei Seiten heraus, und weil ich sie natürlich las, bevor ich sie benutzte, verbesserte das wahrscheinlich mein Französisch ungemein. Manchmal war es aber statt des Katalogs eine in Teile zerrissene Zeitung, und auch da warf man gern den einen oder anderen Blick hinein. Jedenfalls zog man, nachdem das tägliche Geschäft erledigt war, an einem großen Griff hinter der Toilette, worauf deren Unterseite herunterklappte und den Inhalt in das dahinfließende Wasser der Kanalisation entließ.

Im Erdgeschoss lag auch das Badezimmer, wo nach einer Vorankündigung von nur wenigen Stunden, wie mir Madame Ollangnier versicherte, für vier Francs (oder drei, wenn wir unsere eigene Seife benutzten) ein Bad eingelassen werden würde.

Ich glaube, ich nahm dort einmal ein Bad, aber dann fand ich das einfach zu lachhaft und besuchte wie alle anderen auch eine öffentliche Badeanstalt. Al widerstrebte diese Vorstellung und er hatte nach meinem ersten Badbesuch einen Monat lang Angst davor, mit mir zu schlafen, aber tatsächlich wurden die Bäder von allen benutzt … Arbeiter, Ärzte, einfach jeder ging dorthin, weil es in den älteren Stadtteilen von Dijon keine Rohrleitungen gab. Dort wurde eine Wanne von Hand gefüllt und das Wasser musste erhitzt und zum Zimmer gebracht werden.

Die öffentlichen Bäder wurden penibelst sauber gehalten und sehr ordentlich geführt. Es gab kleine Einzelzimmer mit einem Stuhl und einem Spiegel und alles war weiß gestrichen. Zwischen 1929 und 1931 kostete ein Bad acht Cent. Ich nahm immer meine eigene Seife mit und sparte somit einen Franc, aber die großen Handtücher gab es umsonst. Nach zwanzig Minuten kam ein Aufseher, klopfte an die Tür und sagte höflich: »Noch zehn Minuten, Madame.« Dann beeilte man sich beim Abtrocknen und Anziehen, bevor er wiederkam und einen bestimmt aufforderte: »Schluss jetzt, gehen Sie!«

Ich denke, dass die Dijoner und die anderen Franzosen, die ich kannte, alle ziemlich sauber waren. Nachdem ich in Dijon und in vielen französischen Kleinstädten, wo die Rohrsysteme noch aus dem siebzehnten Jahrhundert stammten, eine ganze Weile ohne die öffentlichen Bäder gelebt hatte, rühme ich mich heute gern damit, dass ich mich für ganze zwei oder drei Jahre mit einer Teetasse Wasser sauber halten kann.

Am ersten Abend in unserer neuen Unterkunft, nachdem wir eingezogen waren und dafür gesorgt hatten, dass Als Bücherkoffer vom Bahnhof zu uns gebracht wurden, suchte ich in meinem Wörterbuch nach dem Wort *anniversary* und erzählte Madame, dass heute unser erster war. »Unmöglich«, rief sie, sah mich misstrauisch an und brach dann in schallendes Gelächter aus, als ich sagte: »Eigentlich ist es noch nicht einmal ein Monat her, wir haben vor drei Wochen geheiratet. Wir würden gern in ein nettes Restaurant gehen, um zu feiern.«

Sie riss ein Stück Papier von einer Packung ab, die auf dem mit Weinflecken übersäten Tischtuch lag, und kritzelte mit einem Bleistiftstummel, den sie immer bei sich zu haben schien, etwas darauf und sagte: »Hier … Sie wissen, wo das Palais des Ducs ist? Auf der Place d'Armes: Dort sehen Sie ein Schild: *Aux Trois Faisans*. Geben Sie diesen Zettel Monsieur Racouchot.« Und dann lachte sie wieder, als seien wir irgendwie drollig. Ich kümmerte mich nicht weiter darum.

Wir zogen uns in unseren noch ungewohnten Zimmern um. Die Lichter befanden sich an Kabeln mit beschwerten Seilrollen, so dass man ihren Abstand zur Decke variieren konnte, und es gab eine Kette, die durch die Fassung jeder Birne lief, mit der man die Lichtstärke regulieren konnte. Dann gab es geriffelte Glasschirme, die wie Kuchenformen aussahen, mit Lagen aus braunem und purpurrotem Baumwollsatin darüber, die an jeder Ecke von einer Glasperle beschwert wurden. Die Schatten auf unseren Gesichtern und in den Ecken dieser malven- und senffarbenen Zimmer waren furchterregend.

Aber wir fühlten uns schön. Wir zogen unsere besten Sachen an, gingen auf Zehenspitzen die breite Steintreppe hinunter und an dem erleuchteten Esszimmer vorbei, mit einem großen Schlüssel in Als Tasche und mit pochenden Herzen ... unser erstes richtiges Mahl allein zu zweit in einem Restaurant in Frankreich.

Zunächst gingen wir die Rue Chabot-Charny zum *Café de Paris* neben dem Theater hinauf. Es war Als erste Liebe und er blieb ihr treu. Er arbeitete dort fast jeden Tag während unserer Zeit in Dijon, er lernte die Kellner kennen, die Prostituierten, die dort morgens Kaffee tranken und Karten spielten, die Stammgäste und die durchreisenden Schauspieler und Sänger, die im Theater auf der anderen Straßenseite auftraten. Im Winter war es dort warm und im Sommer war es so kühl und frisch, wie ein Provinzcafé nur sein konnte. Als ich es an diesem Abend zum ersten Mal schüchtern betrat, gefiel es mir auf Anhieb.

Wir hatten keine Ahnung von französischen *apéritifs*, deshalb las Al, als der Kellner kam, von einem Schild über der Kasse ab: »Den Cocktail Montana, bitte.« Der Kellner lächelte erfreut und sauste zur Bar. Nach einer Weile brachte er ein großes Glas, das mit weißem Zucker umrandet war und eine goldrosafarbene Flüssigkeit enthielt. Zwei Strohhalme hafteten kunstvoll an dem mattierten Glas, einer auf meiner, der andere auf Als Seite.

Al war etwas verlegen, da er nicht für jeden von uns einen Cocktail bestellt hatte, aber wie sich herausstellte, wäre alles andere ein Desaster gewesen: Der Cocktail Montana, den das *Café de Paris* mixte, war einer der größten, stärksten und schrillsten Drinks, die ich je zu mir genommen habe.

Wie wir später erfuhren, bot einst ein Cowboy auf der Durchreise, der von einem kleinen Yankee-Zirkus übrig geblieben war, dem Besitzer des Cafés an, ihm sein unbezahlbares Geheimnis im Austausch gegen kostenloses Bier zu verraten, und er versprach ihm, dass Amerikaner aus dem ganzen Umkreis in hellen Scharen herbeiströmen würden, um den Drink zu kaufen ... für neun Francs das Glas, anstatt für einen Franc fünfzig, den die üblichen Drinks dort kosteten. Natürlich gab es keine herbeieilenden Amerikaner; die wenigen, die in Dijon Halt machten, nippten ehrfurchtsvoll an seltenen Weinen im *Aux Trois Faisans* oder im *Cloche* oder tranken gute Weine in irgendeinem Café; sie wären von diesem Mixgetränk entsetzt gewesen, das wir an diesem Abend abwechselnd schlürften. Uns hingegen schmeckte es ausgezeichnet (wir tranken es in den nächsten drei Jahren aus einer sentimentalen Loyalität heraus sogar noch ein- oder zweimal) und beschwingt gingen wir auf das Palais des Ducs zu.

Wir erblickten die großen Goldbuchstaben über einem schummrigen kleinen Café, *Aux Trois Faisans*. Es sah alles andere als viel versprechend aus, aber wir gingen hinein und zeigten dem Mann hinter der Bar das Zettelchen von Madame Ollangnier. Er lachte, sah uns neugierig an und nahm Al am Arm, als ob wir taubstumm wären. Er führte uns beflissen auf die große, halbrunde Place hinaus und neben dem Café durch einen Torbogen, der auf jeder Seite von zwei Lorbeerbäumen in großen Kübeln gesäumt war.

Wir standen in einem wunderschönen, leeren Innenhof. Ein rundes Licht brannte über einem Eingang. Der Mann lachte nochmals, gab uns schweigend einen kleinen Schubs in Richtung des Lichts und verschwand. Wir sahen ihn nie wieder, aber ich erinnere mich daran, wie erfreut er zu sein schien, sein eigenes Café für einige Minuten zu verlassen und zwei so offensichtlich verwirrten Unwissenden den Weg hinauf zu Racouchot zu weisen. Wahrscheinlich war es ihm als gutem Burgunder einfach nie in den Sinn gekommen, dass irgendjemand auf der Welt den Weg zu dieser berühmten Tür nicht kannte.

Unsere erste Mahlzeit war vor lauter Zurückhaltung eher schlecht gewählt, doch selbst wenn wir nie wieder dorthin zurückgekehrt wären und nicht allmählich gelernt hätten, wie man Essen und Wein bestellt, so bliebe dies immer noch eines der wichtigsten Essen meines Lebens.

Bei diesem ersten Besuch waren wir wirklich sehr schüchtern, aber bald war uns das alles ganz vertraut. Der laute, dunkle Treppenaufgang und der große Glasbehälter mit totem Fisch, dem Hummer, den Pilzen und Trauben, die auf dem Eis lagen, kamen uns nicht mehr sonderbar vor. Und nach dem ersten Sommer konnte ich niemals an den Wasserklosetts mit ihren Pendeltüren vorbeigehen, ohne an die Bestürzung meiner Mutter zu denken, als sie sie zum ersten Mal betreten und all die miteinander plaudernden Männer vernommen hatte, die sich erleichterten und anerkennend rülpsten. Sie verzog ihr Gesicht vor lauter Anstrengung, tolerant zu erscheinen.

Der lange Gang, vorbei an den Küchen, den kleinen separaten Speisezimmern und Racouchots Büro, die beiden Speiseräume für die *pensionnaires* und der eigentliche Speiseraum … es wurde mir alles so vertraut wie heute mein eigenes Haus. Die Glastür zu Monsieurs Racouchots kleinem und unglaublich unordentlichem Büro war gewöhnlich geschlossen, aber wir wussten, dass es oft von den geballten Küchendüften eines guten Essens erfüllt war, das ihm und dem einen oder anderen Koch mit seiner hohen, weißen Haube dort serviert wurde.

Die einzigen regulären *pensionnaires,* die wir kannten, waren Monsieur Venot, der Buchhändler der Stadt, dessen Geschäft sich zwei Straßen entfernt an einer Ecke auf der Place d'Armes befand, und Jean Matrouchot, einer der Lehrer vom *lycée.*

Die separaten Speisezimmer, die sich gegenüber dem Hautspeiseraum befanden, sahen wir eigentlich nur im Vorbeigehen. Sie waren meistens von Gruppen von Weinhändlern oder berühmten Politikern besetzt, die den Bürgermeister, Gaston Gérard, besuchten. Ein oder zwei Mal nahmen wir solch ein Séparée in Anspruch, um ein paar von Als Freunden aus Princeton einzuladen, die vom Balliol College in Oxford nach Dijon gekommen waren. Wir bestellten für sie besonders guten Wein und ich erinnere mich daran, wie beeindruckt ich war, als einer der Gäste unbedarft noch eine Flasche des besten Weins bestellte, den wir je jemandem anzubieten gewagt hatten, einen 1919er Gevrey-Chambertin, der einen sagenhaften Ruf und einen ebensolchen Preis hatte. Es kam mir fast wie ein Sakrileg vor, wie jemand so nonchalant einen so teuren Wein bestellen konnte. Ich vergaß darüber fast ihre bemitleidenden Kommentare über die seltsame *toilette* in unserer Wohnung in der Rue du Petit-Potet und ich war froh, als sie wieder davonfuhren, nicht nur mit Racouchots grandiosen Weinen abgefüllt, sondern auch mit seiner bemerkenswerten Küche.

So einen langen Zugang zum Herzen eines Restaurants, dem zentralen Speiseraum, hatten wir bislang noch nie gesehen. Immer waren wir zuvor von der Straße aus sozusagen direkt an einen Tisch getreten und hatten es für selbstverständlich gehalten, dass irgendwo, still und diskret, sich die Küche, das Büro und die Vorratsräume befanden. Hier war das Gegenteil der Fall. Und wenn wir dann zu dem kleinen, quadratischen Speiseraum gelangten, der *raison d'être* all diesen Lichts, dieses geschäftigen Treibens, des Dampfes und der Vorbereitung, war er in seiner ruhigen Einfachheit fast enttäuschend.

In dem Raum standen mal neun, mal zehn Tische für jeweils vier Personen und in einer Ecke befand sich ein runder Tisch für sechs oder acht Gäste. An den Wänden hingen ein paar große, verschwommene Ölgemälde von Frühlings- oder vielleicht Herbstlandschaften, die wirklich niemand betrachten wollte.

Auf dem Tisch an einem Ende des Speiseraums, der sich der Tür gegenüber befand, standen zwei kleine Schilder, wobei das erste irgendeinen Cocktail empfahl, den wir nie bestellten und den wir auch nie jemanden trinken sahen, und das andere Schild den Preis für die halbe und die ganze Karaffe der roten und der weißen *vins de maison* angab. Soweit ich weiß, waren wir die Einzigen, die sie je bestellten: Racouchot war so berühmt für seinen burgundischen Keller, dass alle Gäste wussten, welchen fabelhaften Wein sie zu bestellen hatten, selbst wenn es bedeutete, Wochen vorher dafür zu sparen. Damals wussten wir das allerdings noch nicht.

Zaghaft betraten wir den Raum und bekamen zum Glück einen Tisch in einer Ecke am hinteren Ende zugewiesen wie auch die Bedienung durch einen kleinen Mann mit strahlenden Augen, der sein dünnes Haar mit Brilliantine auf seiner Stirn zu einem Rokokoschnörkel geformt hatte. Er hieß Charles, wie wir später herausfanden, und von ihm lernten wir sehr viel dank unserer langen Bekanntschaft. An diesem ersten Abend war er mehr als freundlich zu uns, aber es war offensichtlich, dass er nicht viel mehr tun konnte, als dafür zu sorgen, dass man uns zu essen gab, ohne dass wir uns allzu unkundig fühlten. Sein Taktgefühl war groß und auch rührend. Er reichte uns die Speisekarten und machte zwei Vorschläge, ein Menu für zweiundzwanzig Francs und das andere, das *diner de luxe aux prix fixe* für fünfundzwanzig Francs.

Natürlich entschieden wir uns für Letzteres, obgleich das Erste schon fantastisch genug klang ... eine Abfolge nebulöser und sagenhafter Wörter: *pâté truffé Charles le Téméraire, poulet en cocotte aux Trois Faisans, civet à la mode bourguignonne* ... serviert in acht oder neun Gängen ... Selbstredend waren wir hilflos, aber eigentlich nicht sonderlich besorgt. Der Raum strahlte Intimität und gleichzeitig eine beruhigende Unpersönlichkeit aus, die Gäste waren so wunderbar mit sich selbst und ihren Tellern beschäftigt und der Kellner mit seiner reizenden Art gefiel uns.

Er kam zurück. Ich erkannte damals sofort, dass er uns mochte und uns nicht blamieren wollte, deshalb sagte er zu uns, ohne uns die unglaubliche Weinkarte zu präsentieren: »Ich denke, dass Monsieur heute Abend zunächst eine Karaffe unseres Rotweins versuchen möchte. Er ist einfach, aber sehr interessant. Und wenn ich eine halbe Karaffe des Weißweins als Appetitanreger vorschlagen darf? Monsieur stimmt sicher mit mir überein, dass er für die ersten Gänge ganz gut geeignet ist ...«

Es war das einzige Mal, dass Charles sich so verhielt, und ich bin ihm dafür immer dankbar geblieben. Einer der großen Weine, die andere Leute dort aus Snobismus oder – wie wir – aus Unkenntnis bestellten, wäre bei uns eine absolute Verschwendung gewesen. Charles ging es ganz vernünftig mit uns an und in den folgenden Monaten sah er zu, wie wir unter seiner hingebungsvollen Anleitung lernten, den richtigen Wein zu bestellen.

Wenn ich heute zurückdenke, dann war dieser erste Abend unglaublich. Unsere Jugend war der einzige Grund dafür, dass wir ihn überlebten ... und vielleicht das alte Sprichwort, dass nicht wehtut, was man nicht kennt. Wir tranken, abgesehen von dem erstaunlichen Cocktail Montana, fast zwei Liter Wein, gefolgt von Kaffee und einem kleinen, süßen Likör, Grand Marnier oder Cointreau, wie wir später erfuhren. Es war das üppigste und das aufregendste Essen, das Al und ich jemals zu uns genommen hatten.

Alles, was an den Tisch gebracht wurde, war so neu, so wundervoll gekocht, dass das, was für gesättigte Gaumen eine gefräßige Orgie gewesen wäre, für uns Neulinge eine fortwährende Erfrischung war. Seither habe ich auch tatsächlich nie wieder so viel gegessen. Allein schon der Gedanke an ein *prix-fixe*-Essen in Frankreich oder anderswo lässt mich heute schaudern. Aber in jener Nacht halfen die freundlichen Geister von Lukullus und Brillat-Savarin, aber auch die von Rabelais und einigen Hundert anderen, unseren abenteuerlustigen Bäuchen die Arbeit zu erleichtern und unsere Zungen zu besänftigen. Wir waren geschützt, geborgen in einem faszinierenden, gastronomischen Umfeld, und wir lernten schnell. Nie wieder riskierten wir eine solche Überfüllung ... aber in dieser Nacht war es genau richtig.

Ich weiß heute nicht mehr, was wir speisten, aber es war jene reichhaltige, weingesättigte, gut gewürzte Küche, die für das Burgund typisch ist, mit vielen dunklen Saucen und Wildfleisch, und alles fand seinen Abschluss, wie ich vermute, mit einem Kirsch-*Soufflé, Glacé*-Früchten oder einem anderen luftigen Dessert. Wir aßen langsam und voller Genuss, vom kleinen Charles umsorgt, und der Wein verhinderte, dass uns die Speisen unangenehm und schwer wurden.

Als wir schließlich nach Hause gingen und die zickzackförmige Treppe zu unseren Zimmern hinaufstiegen, schwankten wir wahrscheinlich etwas. Aber wir hatten das Gefühl, die fernen Gestade einer anderen Welt gesichtet zu haben. Wir waren trunken von der Brise, die von dort zu uns herüberwehte, und von der Gewissheit, dass sie auf uns wartete.

In den nächsten drei Jahren gingen wir noch häufig ins *Aux Trois Faisans*. Als ich aber 1954 zur *Foire Gastronomique* nach Dijon zurückkam, war Racouchot gestorben und sein berühmtes Restaurant mit dem darunter befindlichen Café auf der Place d'Armes, dem *Pré aux Clercs*, zusammengelegt worden. Ich bin mir sicher, dass das eine kluge Idee war, aber es hatte für mich nie wieder den Zauber des alten Restaurants. Ich erinnere mich, wie ich mehr als ein Mal mit Norah dort zu Abend speiste, als wir in den 1970er Jahren wieder in Dijon waren, und sie stimmte mir zu, dass es bei weitem das beste Restaurant der Stadt war, doch für mich war es nicht mehr das Gleiche und in meiner Erinnerung blieb es so, wie ich es zuletzt gekannt hatte.

In Dijon hatten Al und ich das Glück, Menschen aus fast allen Gesellschaftsschichten kennen zu lernen. Wir waren voller Tatendrang, vielseitig interessiert und hatten vor allem einen kräftigen Magen. Die meisten unserer Orgien waren freiwillig, aber dennoch bezweifle ich, dass selbst noch abgestumpftere Lebern als unsere den tausend giftigen Attacken hätten widerstehen können.

So oft wir es uns leisten konnten, gingen wir in die Restaurants der Stadt, der Côte d'Or und selbst in Richtung Morvan, an den Lac de Settons, nach Avallon und hinunter in die Gegend um Bresse. Wir aßen Terrinen von *pâté*, die unter ihrer festen Kruste aus ranzig aussehendem Fett zehn Jahre alt schienen. Wir steckten Servietten unter das Kinn und planschten in köstlich duftenden Schüsseln mit *écrevisses à la nage*. Wir strapazierten unsere Gaumen mit Schnepfen, die so lange hingen, bis sie von ihren Haken herunterfielen, um dann gebraten auf ein Toastbett gelegt zu werden, das von einer Paste aus ihren faulig riechenden Innereien und einem feinen Brandy ganz aufgeweicht war. In Dorfküchen aßen wir heiße Lauchsuppen, die mit Weißwein und gepökeltem Schwein zubereitet worden waren. Und in Dijon gingen wir, sofern wir gut bei Kasse waren, zu Racouchot gegenüber vom Palais des Ducs.

Am Anfang des Boulevard de Sévigné befand sich im Bahnhof das Buffet de la Gare First Class. Es hatte einen guten Ruf aufgrund seiner traditionellen Küche und war im Winter wegen seines riesigen Eisenofens angenehm, aber auch wegen der sehr alten Kellner und der Blumengebinde aus Nizza, die Schaffner der Paris-Lyon-Marseille-Expresszüge jeden Morgen abwarfen, wahrscheinlich in Erinnerung an das gute Essen, das sie dort genossen hatten. Die Bahnhofsschenke war besonders stolz auf ihre *Tournedos Rossini,* die mein Mann so sehr schätzte, mit ihrer geschmackvollen Kombination von frischem Rindfleisch und fast modrig riechender *pâté de foie gras.*

Gegenüber vom Bahnhof lag noch vor dem Kino das Hôtel Terminus mit seinem großen Restaurant. Es versuchte angestrengt, eine Big-Business-Atmosphäre im Pariser Stil nach Dijon zu bringen und scheiterte gänzlich. Die elektrische Beleuchtung war hinter billigen, diagonal gravierten Scheiben aus Milchglas versteckt – *l'art moderne,* meinte der Besitzer strahlend – und auf den Spiegeln wurden eher herablassend regionale Spezialitäten empfohlen. Aber die Dijoner, die *Le Temps* und *L'Intran* unter seiner Beleuchtung gelesen hatten, seit dort zum ersten Mal Gaslicht installiert worden war, frequentierten es immer noch. Der Küchenchef schob für eine Weile seine ungeliebten ›burgundischen Köstlichkeiten‹ beiseite und servierte mir stolz ein kurioses Omelette mit drei scharfen Einschnitten aus verbranntem Zucker auf der dicken Oberseite, auf das er ein Kücheneisen legte, um ein F darauf einzuschreiben. Aber es blieb eine eher seltene Leckerei nach unseren Kinobesuchen.

1929 war die wichtigste *café-brasserie* in Dijon *Le Miroir,* sehr stilvoll und sehr groß. Sie lag unterhalb der Place d'Arcy auf der Rue de Liberté gleich an der Ecke zur Rue Bossuet. Es war eines der ersten Cafés, das wir besuchten, weil es das größte und am einfachsten zu finden war. Ich erinnere mich, dass Al dort als Erstes ein Dutzend Austern bestellte, und sogar heute noch fällt es mir schwer, das Wort Austern auf Französisch zu sagen: *huîtres* – .... Der Kellner war nicht sehr freundlich: Er mokierte sich und lachte, aber Al bekam schließlich sein Dutzend Austern.

Man erhielt dort gutes Bier und guten Weißwein. *Vin Blanc Cassis* war der übliche Studentendrink, da er nur einen Franc fünfundzwanzig kostete, und das im teuersten Café von Dijon. Das waren fünf Cent beim damaligen Wechselkurs. Selten bestellten wir einen richtigen *apéritif* wie etwa einen Dubonnet, weil er zwischen ein Franc fünfzig und zwei Francs kostete. Ab und zu genehmigte ich mir zur Gaumenfreude einen Dubonnet und Al bestellte einen Byrrh; das war damals schick, und sie kosteten zwei Francs ... oder ein Franc fünfundsiebzig ... also sieben Cent.

Das *Miroir* war eines der wenigen Cafés in Dijon, das groß genug war, um einen *chasseur* anzustellen, einen dieser alterslosen kleinen Jungen, die in europäischen *café-brasseries* herumschwirrten, mit Papier und Stift, den Tageszeitungen an langen Holzstangen, manchmal mit Zigarren und Nachrichten für die Bordelle. Wir kannten Robert, doch da wir arm waren, nahmen wir seine Dienste selten in Anspruch.

Er war ungefähr fünfzehn Jahre alt, mit einem runzligen Gesicht und mit einer Tendenz zur Epilepsie, die wahrscheinlich zunahm, wenn sie denn zunehmen kann. Wir sahen, wie er zwei oder drei Mal in einen merkwürdigen kleinen Tanz verfiel, wenn ein fetter Gast ihn angeschnauzt hatte. Er streckte seine Hände wie eine balinesische Tänzerin in die Höhe und tänzelte einige Schritte rückwärts, lächelte, taumelte und fiel dann zu Boden. Die

Kellner behandelten ihn freundlich, brachten ihn schnell wieder auf die Beine und halfen ihm ans Ende des großen, lauten Raumes. Dabei lächelte er immer noch schwach, aber wenn er Al und mich sah und keine kleinen Tänze zu befürchten waren, grinste er uns wie ein fideler Greis an und schob eine von Als Zigaretten sorgfältig in seine runde Mütze.

Während des Zweiten Weltkriegs wurde das *Miroir* von deutschen Soldaten übernommen – ein richtiger Skandal. Als ich später nach Dijon zurückkam, war das *Miroir* wegen seines üblen Rufs ganz und gar verschwunden.

Das Restaurant *Pré Aux Clercs,* in der Nähe von Racouchot's, war bewusst einfach und ungezwungen. Al besuchte es gern, weil sie sehr gute, englisch gegrillte Steaks mit Brunnenkresse servierten, die zu dieser Zeit in den Großstädten bei der jüngeren Generation sehr in Mode kamen … *›les sportifs‹* …, die aber mit rabiater Abscheu von älteren Feinschmeckern abgelehnt wurden, die in der Tradition feiner Saucen und kulinarischen Mummenschanzes aufgewachsen waren. Es war genauso gut wie das *Chateaubriand* am anderen Ende der Stadt, das ebenfalls vor allem wegen seiner Steaks mit Kresse und Pommes Frites bekannt war.

Neben dem *Café de l'Opéra,* mit Blick auf die kleine Place de l'Opéra und etwa einen halben Häuserblock weiter unten auf der linken Seite, bevor die Rue de la Liberté an der Kirche Saint-Michel endet, lag die *Café-Brasserie de Paris,* wo Al sich einrichtete. Er dachte, es gehöre sich für einen amerikanischen Studenten in Frankreich, Stammgast in einem Café zu sein. In Paris war es natürlich etwas anderes: Es gab das *Dôme* und das *Deux Magots* und viele andere angesagte touristische Studentenlokale. In Dijon gab es, soweit uns bekannt war, damals überhaupt keine Touristen, und die uns bekannten Studenten waren Ausländer.

Wir waren die einzigen amerikanischen Studenten an der Universität und zu jener Zeit gab es nur eine weitere englischsprachige Person, einen Lehrer am Jungengymnasium, ein recht langweiliger, kleiner Engländer. Ich glaube, er kam von der Universität in Manchester und er verbrachte gerade in Dijon ein Dienstjahr. Er sprach besser Französisch als Englisch, aber er hatte einen hässlichen Akzent, wie ich fand. Wir sprachen alle miteinander schlechtes Französisch.

Fast drei Jahre lang ging Al jeden Morgen ins *Café de Paris,* wo er intensiv arbeitete: an Sonetten und an seinem großen Gedicht *The Ghost in the Underblows.* Al gefiel es, mit den Prostituierten im Café zu reden, die dort morgens ihren Kaffee tranken. Er mochte Prostituierte, wie ich bald erfuhr. Ich glaube nicht, dass er jemals mit einer auf ihr Zimmer ging, was zum Teil an seiner furchtbaren Angst vor Geschlechtskrankheiten lag, er stellte ihnen aber sehr vertrauliche, fast brüderlich-väterlich anmutende, bohrende Fragen. Natürlich gefiel es den Mädchen sehr, sich mit ihm zu unterhalten und ihm von ihrem Leben und ihren Liebhabern zu erzählen. Und er saugte alles in sich auf und *kannte* jede Hure der Stadt. Nach meinem Unterricht gesellte ich mich oft zu ihm und wir nahmen einen *apéro.* Natürlich waren alle Huren inzwischen zur Arbeit gegangen und er fühlte sich sicher, wenn seine Frau vorbei kam. Später stieß dann Larry Powell zu uns, der einzige andere Amerikaner in Dijon ... und zusammen mit unserem morgendlichen Drink wurden wir zu einer festen Institution.

Al hatte gelesen, dass Baudelaire und Rimbaud Pernod getrunken haben. Also wollte er ihn auch ausprobieren.

Wir dachten, er sei sehr teuer, er bestellte ihn aber trotzdem im *Café de Paris,* wo sie ihn korrekt servierten ... mit Wasser und ohne Eis. Er war milchig und vermutlich sehr stark, obgleich es nicht die mit Wermut hergestellte Vorkriegsvariante war, die einem das Gehirn zerfraß. Aber Al war davon überzeugt, dass sein Hirn zerfressen wurde. Eines Tages gingen Larry und ich mit ihm nach Hause, als Al stehen blieb und sagte: »Ich sehe, wie winzige Kobolde zwischen den Pflastersteinen der Straße hervorkriechen.« Larry und mir war völlig klar, wie frei erfunden das war, und wir brachen in lautes Gelächter aus. Wir wussten, dass Al unbedingt kleine Gnome sehen wollte, weil er seit drei Tagen Pernod getrunken hatte. Nun ja, ein, zwei Pernod, aber er war dennoch weit entfernt vom zerrütteten Hirn, wie es die Dichter im späten neunzehnten Jahrhundert hatten, denen er nacheiferte. Also kehrte Al zu seinem *Vin Blanc d'Alsace* und zu seinem Kaffee zurück.

Es gab in Dijon wunderbare Orte, wie z.B. den Stand im Park hinter der Place Wilson, der leckere, knusprige Sandwichs mit aufgerollten süßen, selbst geräucherten Schinkenscheibchen verkaufte, und kleine Restaurants entlang des Canal de Dijon, die heiße Elritzen anboten – sie wurden ganz gekocht und lagen eher lieblos zuhauf in einer Schüssel –, und kleine Cafés, die einmal in der Woche warmen Käsekuchen machten, weil ihre Besitzer eine Schwäche für warmen Käsekuchen hatten.

Und dann gab es *Crespin,* das einfachste und beste Restaurant der Welt. Es befand sich in einer der ältesten Seitenstraßen, die von der Place François Rude abzweigten, zwischen den Märkten hinter dem Palais des Ducs und meiner Lieblingskirche Notre-Dame. Davor stand im Winter immer ein alter Austernhändler, stampfte mit den Füßen wie ein Pferd und blies wärmend in seine blutbefleckten Hände. Er war der Geschickteste im Öffnen dieser teuflisch gekrümmten Schalen, dennoch gab es immer einen neuen, blutigen Schnitt an seinen grotesken Fingerstummeln. In Körben aus dunkelbraunen, geflochtenen Zweigen lagen die hilflos ausgelieferten Austern auf Seegras ... *Portugaises, Marennes, Vertes* von unterschiedlicher Qualität, aber so frisch, dass sich ihre zarten Ränder zurückzogen, wenn sie menschlichen Atem verspürten. In dem kleinen Restaurant konnte man sie auf Pariser Art mit Zitrone und gebuttertem, braunem Brot essen oder schlicht mit den Krusten des Dijoner Weißbrots. Immer gab es den klassischen grünen Salat, um den Magen zu reinigen, außerdem einen einfachen Kuchen mit Früchten der Saison, wenn man noch mehr vertragen konnte. Im Winter gab es manchmal auch etwas Käse.

Das kleine Restaurant gibt es jetzt nicht mehr, aber viele Jahre lang servierte es die einfachsten und genussvollsten Mahlzeiten, die ich je zu mir nahm, besonders an den Markttagen für die Weinhändler, die aus ganz Burgund hierher kamen, um über Fässer, Korken und Sulfate zu diskutieren. Im *Crespin* gab es immer die besten Schnecken der Welt, wenn die Temperaturen kühler wurden, grün und saftig in ihren delikaten, kleinen Särgen, jede in ihrer eigenen Mulde auf der glänzenden Metallplatte. Nachdem man die Schnecke herausgezogen und gegessen hatte, drehte man das Gehäuse wegen jedes darin enthaltenen Tropfens um und säuberte anschließend mit Brot die Mulde, in der sie gelegen hatte, um ja nichts von der Kräuterbutter übrig zu lassen.

Und dann gab es die fest versiegelten Schmorpfannen mit *tripes à la mode de Caen véritable*. Diese Kasserollen für zwei, sechs oder acht Leute schienen das unerklärliche Gütezeichen einer nummerierten Gans im *Tour d'Argent* zu besitzen oder aber eines kleinen, vollkommenen oktaedrischen Diamanten aus Kimberley. Sie wurden erst am Tisch entsiegelt. Der Dampf zischte heraus und das ganze Gericht brodelte. Die Teller waren zu heiß, um sie mit bloßen Händen anzufassen, doch das musste so sein, damit die Sauce nicht so klebrig wurde. Die Kasserolle wurde mit Suppenlöffeln, Messern, Gabeln und mit reichlich knusprigem Brot serviert. Es war köstlich.

Bei meinem letzten Besuch 1954 ging ich alleine hin. Es war zunächst ein seltsames Gefühl. Die Stadt war zur *Foire Gastronomique* voller Aufregung, fast hysterisch, erfüllt von einer unerklärlichen Überfrachtung von mittelalterlichem Pomp und einem Pariser oder auch einem Madison-Avenue-Handelsgeist. Ich hatte mehrere Bankette besucht, wo kunstvolle Auszeichnungen verliehen wurden, und ich war umgeben von hochgestellten Persönlichkeiten, die sich in dem unerbittlichen Verzehrprotokoll mehrere Stufen über mir befanden; so ging ich allein in das Restaurant, in dem ich noch einmal sein wollte.

Aus dem Gefühl einer fast verzweifelten Notwendigkeit heraus dachte ich mir für meine Gastgeber, die Connes, eine höfliche Notlüge aus, sprach vage von letzten Einladungen, die ich bei der *Foire* erhalten hatte, von Verpflichtungen, die ich widerwillig erfüllen müsste, von Verabredungen, die einzuhalten waren … alles nur Lügen. Georges und Henriette akzeptierten sie als solche mit einem tadellosen und ironischen Gleichmut, der durch und durch französisch ist, und ich fühlte mich kindisch, als ich davoneilte, um eine Verabredung mit mir selbst einzuhalten. Es war nichts Unehrenhaftes daran und ich hätte ganz einfach die Wahrheit sagen können – dass ich wenigstens einmal *allein* in Dijon speisen wollte!

Es stand außer Frage, dass ich ins *Crespin* ging. Ich hatte bemerkt, dass Neonröhren jetzt das alte Schild mit der Aufschrift ›Austern & Schnecken‹ umgab, aber das Lokal hatte, wie auch ich, überlebt. Der schwerfällige, alte Mann mit den zerschundenen Händen, der früher die Austern auf der Straße geöffnet hatte, war nicht mehr da, aber ein strammer Junge tat es fast ebenso gekonnt. Innen schien sich das Restaurant überhaupt nicht verändert zu haben, mit Ausnahme einiger neuer Poster unter den Gaslampen, auf denen zu lesen war, dass das Restaurant der Bruderschaft der *Chevaliers du Tastevin,* die noch nicht gegründet war, als ich das Lokal zum ersten Mal besuchte, eine Empfehlung wert war. Ohne Zweifel teilte ich ihre Meinung.

Der kleine, niedrige Raum war ganz erfüllt von Lärm und Dunst, wie an Markttagen, nur noch stärker, und bis auf einen Tisch waren alle anderen von rotgesichtigen, glücklichen und lauten Burgundern besetzt. Mein Tisch war leer und es schien von den Göttern bestimmt worden zu sein, dass ich dort sitzen sollte. Ich hatte hier oft zuvor gesessen und dies würde das letzte Mal sein. Der Tisch stand ein wenig abseits, eine Stufe höher, aber nicht auffällig, und wurde von drei Seiten von weißen Fenstervorhängen hinter meinem Rücken umschlossen. Wäre ich nicht gekommen, hätte sicher eine Topfpflanze ordentlich an meiner Stelle den Platz eingenommen. Ich war froh, dort hingegangen zu sein, und ich staunte wieder einmal über das anhaltende Glück, das ich im Leben immer gehabt habe, aber besonders in diesem Augenblick. Ich ließ mich bequem am Tisch nieder und griff höflich nach der Speisekarte, obwohl ich genau wusste, was ich bestellen würde. Ich ließ es mir gut gehen: ein Dutzend *Portugaises Vertes Extra*, gefolgt von einem Dutzend Schnecken und anschließend etwas reifen Käse von der nahe gelegenen Zisterzienserabtei. Ich trank zuerst ein Glas trockenen, weißen Wermut, geradezu mild im Gegensatz zu den fast brutal lebendig, nach Meer schmeckenden Austern, und eine halbe Flasche roten Meursault eines zwar guten, aber doch etwas enttäuschenden Jahrgangs ...

Die schwerfällige, aber freundliche Kellnerin bediente mich mit der leicht beunruhigten Besorgtheit einer Krankenschwester, deren Patientin einen recht normalen Eindruck macht, aber dennoch merkwürdige Symptome aufweist: Wollte ich wirklich einen roten Meursault und nicht einen weißen? Und wollte ich wirklich ein ganzes Dutzend *sowohl* von den Austern *als auch* von den Schnecken, kein kleines, gegrilltes *biftec*, keinen *Coq au Chambertin?* Und hatte sie richtig gehört, dass ich den Zisterzienser meinte und nicht einen Camembert? Ja, ja, sagte ich ... rot, ja, nein, ja, und ich aß und trank mit Vergnügen weiter – von der Tatsache, dass ich dort war, sogar noch mehr mit Wärme erfüllt als vom Essen. Der Wein tat nach dem Käse ordentlich seine Wirkung und ich ließ mich etwas zurückfallen, wie ich das im *Crespin* so oft und so zufrieden getan hatte. Der Kaffee war schwarz und enorm stark.

Alles war so gut, wie es bereits vor Jahrzehnten oder von mir aus sogar vor Jahrhunderten gewesen war. Niemand schenkte meinen Sinnesfreuden in meinem Alkoven Beachtung. Der allgemeine Lärm ertönte in dem voll besetzten Raum mit provinzieller Lebenslust, und ein Akkordeonspieler, den ich zuletzt in Marseille gesehen hatte, kam vom hektischen Treiben in den Straßen herein und trug recht hoffnungslos zum wilden Geschehen bei. Er nickte, als er mich sah, denn er erkannte in mir eine ihm verwandte umherziehende Seele. Ich fragte ihn, ob er etwas trinken wolle, während er seinem Instrument, das er wie ein Kind an seinem Bauch trug, mehr oder weniger erkennbare Lieder entlockte. Er blickte mich fest an und sagte: »Nächstes Mal … ein *pastis* am Alten Hafen.«

Als ich auf den kleinen Platz mit seinen steilen Ziegeldächern hinaustrat und in das drängende Getöse in der Rue de la Liberté eintauchte, konnte ich nicht wissen, dass das nächste Mal, wenn ich wie ein Lemming in die nasskalte, alte Stadt zurückkehren würde, *Crespin*, die weißen Vorhänge und alles andere verschwunden war. Aber so ist es eben und es hat keinen Zweck, darüber zu jammern. Egal wohin wir damals in den ersten Jahren gingen, ob Dorfkneipe oder gastronomischer Tempel, sie boten dort immer die richtigen Weine an, ob sie nun aus einem Zapfhahn in einen dicken Krug kamen oder aus einer in einem Körbchen liegenden Flasche in Gläser eingeschenkt wurden, die bei der geringsten Luftbewegung leise erklangen. Wir lernten mit aller Bescheidenheit, welche Weine Burgunds und welche Jahrgänge exquisit waren und welche Weinjahre zu welcher Stunde passten. (Vieles von dem, was ich damals lernte, habe ich vergessen. Das ist bedauerlich, aber vielleicht werde ich mich erinnern, wie jeder Fisch wieder weiß, wie man schwimmt, wenn er ins Wasser zurückgeworfen wird.) Die meiste Zeit, während Al und ich diese Dinge lernten und kosteten, wohnten wir bei den Ollangniers oder den Rigoulots, so dass ein Teil dieser Initiationen natürlich unfreiwillig war. Gott sei gedankt, dass ihretwegen die meisten allerdings auch gut waren.

Natürlich musste ich als Gattin eines Beinahe-Fakultätsmitglieds oft mit meinen Fast-Kollegen einen Tee trinken gehen; ich war jung und ernsthaft der Meinung, dass die im oberen *salon* verbrachten Nachmittage bei *Michelin* (an der Ecke der Rue Boussuet und der Rue de la Liberté) und das Verspeisen einer Unmenge von Patisserie der Karriere meines Mannes förderlich sein würde. Und einmal mussten wir zu einem offiziellen Mittagessen beim Rektor der Universität.

Al und ich wurden hauptsächlich deswegen eingeladen, weil ein Gelehrter aus Neuengland zu Besuch war und er unterhalten werden musste. Wie die meisten Botschafter, die aus diesem oder jenem Grund aus Amerika kamen, sprach er kein Wort in der Sprache des Landes, das er von irgendeiner durch ihn vertretenen Sache überzeugen sollte, und da ich allmählich das Vorurteil, dass alle Yankee-Frauen sich bei öffentlichen Anlässen entweder mit seltsamen Cocktails vollaufen ließen oder sich im Salon übergaben, zunichte gemacht hatte, wurde ich neben ihn gesetzt. Er war ein netter Mann, der Leiter des Anglistik-Instituts einer berühmten Universität. Er hatte eine offensichtlich instinktive Naivität, welche die Menschen natürlich immer für sich gewinnt, besonders wenn sie von leicht zerzaustem Haar und einem breiten Grinsen begleitet wird.

Das Mittagessen war das beeindruckendste private Essen, zu dem ich je eingeladen worden bin. (Gott sei Dank, möchte ich hinzufügen. Ich habe manchmal das Gefühl, dass ich in einem so langen Leben wie durch ein Wunder das Glück hatte, nie eines jener ›Staatsbanketts‹ absitzen zu müssen, von denen ich gelesen habe.) Der Rektor war für seine Tafel berühmt, dieses Mal aber wurde sein Koch von Racouchot unterstützt. Einige der besten Männer des *restaurateurs* befanden sich mit dem Butler und einem gewöhnlichen Bediensteten im Esszimmer. Reihen von Weingläsern waren aufgebaut und der Butler sprach leise die Namen und die Jahrgänge eines jeden Weins aus, wenn er sie einschenkte. Jeder war hervorragend.

Alle Damen, einschließlich der Gastgeberin, trugen Hüte, einige von ihnen zudem kurze Handschuhe, und ich fühlte mich leicht aufgelöst, fast so wie bei einem Besuch des Grafen Boni de Castellane im Newport der 1880er Jahre.

Einer der Gänge bestand aus ganzen *écrevisses* in einer mächtigen Sauce, die natürlich mit dem vollständigen dazugehörigen Besteck, bestehend aus Silberzange, Hummerknacker, Meißel und Pinzette serviert wurden. Der Ehrengast benahm sich sehr diplomatisch, nickte mit seinem weißen Haarschopf erst der Gastgeberin und dann mir zu, aber als er die großen, korallenroten Geschöpfe in ihrem lukullischen Bad erblickte, lehnte er sich zu mir herüber und murmelte ganz unakademisch: »Um Gottes Willen Hilfe, gutes Kind, was soll ich denn tun!« Ich wusste es, denn ich hatte bereits zuvor mit dieser doch etwas überschätzten Delikatesse gekämpft und hatte damals für solche Notfälle auch keine Erfahrung im Umgang mit solch einem Besteck. Es wäre taktlos gewesen, ihn darauf hinzuweisen, dass er seine Gastgeberin nachahmen könnte, deshalb zwinkerte ich ihm zu und sagte: »Machen Sie es mir nach.«

Ich nahm einen Flusskrebs zwischen meinen linken Daumen und Zeigefinger, brach die Scheren mit dem silbernen Knacker, aß das Fleisch soweit ich kam mit der kleinen Gabel und tunkte dann mit einer Kruste Brot den Rest aus der Sauce. Der gelehrte Besuch seufzte glücklich und machte sich ebenfalls ans Werk. Und so nahmen alle an dieser langen, bedrückend gesitteten Tafel die nächsten Gänge zu sich; von da an verlief alles recht freundlich und Fakultätsfehden waren vergessen oder wurden unbeachtet gelassen. Am Ende umarmte mich die Gattin des Rektors und bat mich zum Tee zu kommen.

(Der ganze Vorfall klingt fast etwas zu charmant barbarisch … »diese reizenden amerikanischen Wilden« …, ich bin auch heute davon überzeugt, dass ein Gastgeber nichts auf den Tisch bringen sollte, was nicht von allen Gästen mit Leichtigkeit und Eleganz gegessen werden kann. Im Fall der *écrevisses* wäre es etwas anderes, wenn sie bereits mit abgebrochenen Scheren und Schwänzen serviert würden. Aber ich denke, dass man in Frankreich den Eindruck hatte, eine derart verweichlichte Zubereitung ruiniere einen Großteil des Wohlgeschmacks … und ich habe bis heute keinen noch so versierten Gourmet gesehen, dem es gelänge, eines dieser Krustentiere mit dem vorgeschriebenen Besteck zu essen. Die Ärmel zurückgerollt, Serviette unter dem Kinn, ein oder zwei unvermeidliche Spritzer und viele laute Sauggeräusche: So wird es normalerweise bei *Prunier*, im *Rector* und im *Café de l'Escargot d'Or* an jedem See während der Krebssaison gehandhabt.)

Jeden Herbst, wenn in Dijon die *Foire Gastronomique* stattfand, gingen wir zu den langen Zelten und tranken ziemlich viel *vin mousseux*, aber wir waren nicht wichtig genug, um zu einem der offiziellen Festessen eingeladen zu werden, und so konnten wir von den fantastischen Menüs nur in der Zeitung lesen. Für Besucher – die meisten von ihnen waren Weinhändler – wurden die Preise erhöht und das Gerücht ging um, alle Restaurants würden eine Extraportion Gewürze in ihre Saucen mischen, so dass selbst mittelmäßige Weine hervorragend mundeten. Uns gefiel Dijon im normalen Zustand seiner massenhaft betriebenen Gourmandise besser.

Unsere orgiastischsten Essen fanden mit dem Club Alpin statt. Monsieur Ollangnier schlug uns für die Mitgliedschaft vor. Über den Speisetisch in dem muffigen, kleinen Esszimmer gebeugt, hatte er entschieden, dass wir amüsant und zivilisiert genug waren. Es galt als Ehre, aber viele Teilnehmer ermöglichten es dem Klub auch, niedrigere Preise für seine Gelage auszuhandeln, und es war auf jeden Fall eine schöne, wenn auch etwas ermüdende Erfahrung für uns. Wir hörten gepflegtes Französisch von Anwälten, Armeeoffizieren im Ruhestand und verknöcherten Architekten wie unserem Freund Monsieur Ollangnier, die aus diesen oder jenen, hauptsächlich aber aus gastronomischen Gründen Mitglieder waren. Wir besichtigten Schlösser, Klöster und Weinkeller, die die Öffentlichkeit selten zu Gesicht bekam. Wir wanderten, krabbelten, schlitterten und keuchten durch alle Ecken Frankreichs, im kalten Märzregen, in der ersten reizenden Aprilmilde und an den weinseligen, goldblättrigen Herbsttagen.

Wir mussten alle hartes, festes Schuhwerk tragen, und bei jeder dieser zweimonatlich stattfindenden Wanderungen fanden wir selbst im Herzen Burgunds mit seiner weichen Hügellandschaft, eine kleine, ungefährliche Höhle oder einen tief eingeschnittenen Wasserlauf, die es zu erkunden galt, damit der Begriff Alpin im Klubnamen nicht zu sehr zum Witz verkam. Die Klubräume in Dijon in der alten Rue des Forges befanden sich in einem der schönsten europäischen Stadthäuser des vierzehnten Jahrhunderts und dort hörten wir uns mit feierlicher Miene oft Vorträge über die Ziele der nächsten Exkursionen an.

Der eigentliche Grund dafür, sich diesen häufig langweiligen Pflichten zu unterziehen, war allerdings, dass jedes Mal, wenn wir uns einen halben Tag lang verbissen über matschige Felder gequält und in alten, schlammigen, mit Fledermäusen gefüllten Ruinen vor Kälte gezittert hatten, wir die andere Hälfte der Zeit warm und weinselig in den besten Restaurants der Gegend saßen und Spezialitäten des Dorfes oder der Region begieriger in uns aufnahmen als je ein Gipfel erstiegen oder ein gotischer Bogen bewundert worden war.

Der Ablauf war immer gleich: ein belebender Spaziergang vom Bahnhof und dem kleinen Zug aus, der uns von Dijon zum jeweiligen Ort gebracht hatte, dann vier oder fünf Stunden, die mit Essen und Trinken verbracht wurden, und schließlich ein langer Spaziergang, das Klettern, die Besichtigung von Denkmälern und zerfallenen Gemäuern. Zwar waren Al und ich wahrscheinlich dreißig Jahre jünger als die anderen Klubmitglieder, mehr als einmal bewahrte uns allerdings allein pure Tapferkeit davor, im nächstbesten Graben in ein Digestivkoma zu fallen. Wenn nach den langen Stunden im Restaurant den Obersten und Ratsmitgliedern draußen die Luft entgegenschlug, klopften sie sich enthusiastisch auf ihre betagte Brust und schwärmten wie eine Herde junger Fohlen in die Landschaft hinaus.

Wir trotteten ihnen hinterher, zwei dünne, amerikanische Schatten, die eine Weile fest davon überzeugt waren, dass sie Verwandte von Gargantua waren.

Die Mahlzeiten dauerten Stunden, trotz der Länge der danach geplanten Spaziergänge. Im Dienste der reinen Forschung, die natürlich mit unserem Interesse für Brauchtum und Kultur begründet war, nahmen wir nicht nur die bekanntesten Speisen der Chefkochs zu uns, sondern versuchten uns ebenso am speziell gepökelten Wildbret der Witwe LeBlanc und am Lieblingsrezept des Herrn Pfarrers für ganze, in Weißwein marinierte Forellen, die gekühlt mit grünen, säuerlichen Weintrauben serviert wurden. Der Küchenchef und seine Familie gesellten sich zu uns, um sich an unserem Genuss zu erfreuen, später waren es dann die Witwe LeBlanc, der Pfarrer und sein Koch, und wir alle verglichen die für den jeweiligen Gang besten Weine des Ortes und der Umgebung. Wir gaben zunächst den eher gewöhnlichen Weinen den Vorzug, um uns dann zu den gekrönten Flaschen emporzuschwingen, die jeder lebende Connaisseur kannte, die aber nirgendwo so respektvoll behandelt wurden wie am Ort ihrer Geburt.

Manchmal schickten der Bürgermeister des Ortes oder der Herr des *château*, die erkannten, worauf es dem Club Alpin de Dijon tatsächlich ankam, einige dieser Flaschen, von denen ich heute nur noch träumen kann: Weine ohne Etiketten, die keine Reise ermüdet hatte und die von den neugierigen Gaumen kommerzieller Weintester verschont geblieben waren. Das Geplapper erstarb, Monsieur le Curé beugte seinen Kopf über seinen Kelch wie im Gebet und schließlich murmelte eines der alten Schlachtrösser ehrfurchtsvoll, mit nach innen gerichteten Augen: »*Épatant … é-pa-tant*!«

Der Sekretär des Klubs versuchte unsere Ausflüge immer so zu gestalten, dass, nachdem eine regionale Küche mit der ihr angemessenen Gründlichkeit studiert worden war und wir uns feierlich Notizen über die Jahrgänge gemacht hatten, die hier oder dort gediehen, wir mit demselben ungeteilten Eifer unsere Wanderung machten. Mehr als einmal fanden wir allerdings etwa zwei Stunden nach unserem Mahl durch Zufall heraus, dass es neben dem *château* in einem kleinen Dorf auch eine winzige Patisserie gab, wo eine gewisse steinalte Dame Sauerrahm-*fantaisies* herstellte, die in ihrer Art in Frankreich einmalig waren.

»Mein Gott«, rief Monsieur Vaillant, der Advokat im Ruhestand aus, nachdem wir etwa zur Hälfte die Besichtigung eines privaten Landhauses hinter uns hatten, in dem eine von Maintenons abgeschobenen Maitressen zwanzig Jahre mit Muße damit verbracht hatte, chinesische Pagoden auf Wandtäfelungen zu malen. »Mein Gott, verdammter Mist!! Das ist doch eine Schande! Wir sind hier nur einen zehnminütigen, hübschen Spaziergang von einer der großen, *der* größten Patisseriemeisterin aller Zeiten entfernt! Sie ist bescheiden, gewiss. Ein kleiner Ruhm ist ihr genug. Sie machte ihre *fantaisies* für die Erstkommunion meiner lieben Mutter! Sie wurden in einem Holzbehälter geliefert und waren in Schichten von Seidenpapier und Laub verpackt, damit sie die Reise überstanden. Wir beenden die Besichtigung!«, schnaubte Monsieur Vaillant, das Gesicht rot vor Begeisterung und mit einer ansteigenden Gier in seinen wässerigen, alten Augen. Und er schickte einen Jungen voraus, um die alte Hexe zu ermahnen, das Feuer anzumachen und ihre alten Knochen in Bewegung zu setzen. Nachdem wir dann pflichtbewusst die restlichen Wandgemälde angeschaut hatten, und die Gebildeteren unter uns in den obskuren kleinen Szenen eine klassische Symbolik erkennen konnten, während einige Lüstlinge mit ebensolcher Freude neoklassizistische Stellungen bei den schlitzäugigen Nymphen und Mandarinen entdeckten, machten wir uns auf den Weg zur Patisserie. Sogar Al und ich vergaßen unsere Übersättigung, von der sauberen Luft und Monsieur Vaillants frohlockenden Erinnerungen zu einem erneuten Hunger angeregt. Und natürlich waren die mit Sauerrahm hergestellten *fantaisies* der zahnlosen Heldin des Dorfes, leicht, zart, in reiner Butter gebacken und von einer Farbe, die klarer als Gold war, von hellerer Tönung als Josephine Baker, aber ebenso vital, die köstlichsten Patisserien in ganz Frankreich und Monsieur das stolzeste Mitglied unseres Klubs.

Wir tranken heißen Wein ... »Gegen diese Novemberwinde gibt es nichts Besseres«, stimmten wir Vaillant wacker zu und erklommen dann vielleicht nur drei der vier Hügel, die der optimistische Klubsekretär eingeplant hatte, bevor wir in den stickigen Zug zurück nach Dijon stiegen. Wir rauchten, redeten und dösten in der besonderen Intimität eines französischen Nahverkehrzugs dritter Klasse an einem Sonntagabend, und kein einziges Mal bereuten wir, weder digestiv noch moralisch, die zügellose, verschwenderische Fülle der Geschmackseindrücke und das sinnliche Vergnügen dieses Tages.

Einmal im Jahr, am Himmelfahrtstag, überließ der Klub alle dynamischen Vorstellungen, von Erden aufzusteigen, voll und ganz der Kirche und hielt sein jährliches Festessen ab, ohne einen Ausflug oder eine Wanderung und ohne die

Würdigung irgendwelcher gut erhaltener Ruinen außer denen der Klubmitglieder selbst. Das einzige Jahr, in dem ich zum Bankett am Himmelfahrtstag ging, tafelten wir sechs Stunden lang im Hôtel de la Poste in Beaune. Das war lange bevor das alte Haus ein Facelifting erhielt: Wir speisten in dem dunklen, wohlriechenden Raum, wo sich Generationen von Kutschern, Fuhrleuten und Chauffeuren gestärkt hatten, so wie ihre Herrschaften es *vorne* getan hatten.

Ein langer Tisch stand für uns bereit und ein noch längerer für die Weine. Zahlreiche Flaschen mit dem Wein des letzten Jahres, sorgfältig auf Stroh gebettet, erfüllten die Luft mit einem dekadenten Versprechen, aber ohne Blumen, die unsere Geschmackssinne hätten stören können. Ein Trinkspruch folgte dem anderen und die Gäste und auch einige der alten Richter und Offiziere waren sichtlich damit beschäftigt, zunächst ihre eigene Bedeutung hervorzuheben. Mit der wohlüberlegten Abfolge der Gänge und der beeindruckenden, wechselnden Schönheit der Weine verschwanden jedoch persönliche Eitelkeiten und sogar politische Themen aus unseren Herzen, und der Esprit und das heitere Lebensgefühl, das Frankreich ausmacht, belebte uns alle.

Seltsam, dass ich mich nach all den prachtvollen Speisen, die wir an den Sonntagen mit dem Club Alpin schließlich für selbstverständlich hielten, an eine der Mahlzeiten, kurz nachdem wir dem Klub beigetreten waren, am deutlichsten erinnere. Es war an einem bitterkalten Februarsonntag, als ich keuchend auf einem Hügel in der Nähe von Les Laumes-Alésia stand. Die Erde unter mir war hart wie Granit und die Luft, die ich in meine müden Lungen einsog, fühlte sich im ersten Augenblick wie glühendes

Feuer an. Ich zerbrach unbeholfen einen Zweig zwischen meinen Fingern, die in Fausthandschuhen steckten.

»Hier!«, sagte eine raue Stimme. Ich sah überrascht den alten General an, der, zerzaust und riesengroß, plötzlich neben mir stand. Bis zu diesem Zeitpunkt hatte er sich stets nur leicht vor mir verbeugt und sich ab und zu mit einem Gesichtsausdruck versteinerten Leidens meinen Akzent angehört, der immer stärker wurde, wenn er in meiner Nähe war. Was wollte er jetzt?

»Hier! Versuchen Sie das, junge Dame!« Und er hielt mir ein Stück Schokolade hin, das vor Kälte hellbraun war. Ich lächelte und nahm sie mit dem Entschluss an, so wenig wie möglich zu sagen. Er räusperte sich verdrießlich und richtete seinen Blick auf den bedrohlichen, fernen Horizont.

In meinem Mund zerbrach die Schokolade zunächst wie Kiesel in viele einzelne, unangenehme Stücke. Ich fragte mich, ob ich in der Lage war, sie hinunterzuschlucken. Dann wurden sie weich und schmolzen sinnlich in einem warmen Strom meine Kehle hinunter. Der kleine Arzt eilte, seinen Alpenstock stolz unter seinen kurzen Arm geklemmt, geschäftig herbei.

»Hier! Warten Sie! Warten Sie!«, rief er. »Essen Sie Schokolade niemals ohne Brot, junge Frau. Das ist ganz schlecht für den Magen, ganz schlecht. Mein General, Sie sind unachtsam!«

Der Soldat blickte auf ihn hinunter wie ein Pferd auf ein freches Hündchen und knurrte: »Dann geben Sie uns doch etwas Brot, mein Guter. Tauschen Sie zwei Stücke Brot (bitte große, wenn's recht ist) gegen ein Stück von unserer Schokolade?«

In zwei Minuten war mein Mund voll mit frischem Brot

und schmelzender Schokolade; und während wir drei zaghaft nebeneinander auf dem gefrorenen Hügel saßen und in das Tal hinunterblickten, wo Vercingétorix sich so hervorragend geschlagen hatte, warfen wir uns einen schüchternen, wortlosen Blick zu und lächelten und kauten eines der herrlichsten Dinge, die ich je gegessen habe. Vage dachte ich an die Metamorphose von Wein und Brot.

Als ich 1929 zum ersten Mal nach Dijon kam, war die Rue de la Liberté die Hauptstraße im alten Teil der Stadt. Sie teilte die Stadt wie ein Rückgrat, alles Leben nahm auf beiden Seiten seinen Lauf, doch hier befand sich das Zentrum der gesamten Stadt. Jede Siedlung wird durch eine Hauptstraße in zwei Teile geteilt oder durch einen Fluss oder einen Pfad. In Paris teilt die Seine die Stadt in die Rive Gauche und in die Rive Droite, so wie die Hauptstraße jeder amerikanischen Kleinstadt sie in eine linke und eine rechte Seite aufteilt ... kulturell, gesellschaftlich, ökonomisch, physisch und statistisch.

Dijon war damals eine kleine, aber eine der ältesten und ehrwürdigsten Städte in einem sehr alten Land und die Rue de la Liberté wird heute nicht mehr die zentrale Bedeutung haben, die sie damals hatte. Ihre Enge verhinderte, dass die Straße mit dem zunehmenden Verkehr mitwachsen konnte, da sie noch von den Römern errichtet wurde, die einen Festungswall um ein kleines Lager gebaut hatten. Im Mittelalter war sie dicht bevölkert, nicht so gewunden wie viele andere Straßen, und sie war eine Durchgangsstraße, lange bevor Autos, Trambahnen und Busse versuchten, den ständigen Strom von Passanten auf die schmalen Gehwege zu verweisen. Noch 1929 war es die wichtigste Straße der Stadt, sie schnitt wie ein Schwert durch die dichte Anhäufung von Sträßchen, die sich rechts und links von ihr ausbreiteten.

Nachdem die Eisenbahn Frankreich erobert hatte und die PLM-Strecke dann schließlich Paris mit Marseille im Süden verband, wobei Dijon die erste wichtige Haltestelle war, wurde der Bahnhof am Rand der Stadtmauer gebaut und die Straße, die von ihm abging, nannte man den Boulevard de Sévigné. Diese breitere Straße, von schönen Bäumen gesäumt, war bei weitem der modernste Teil der Stadt und sie endete an der Grande Place d'Arcy, die immer noch das Zentrum der Stadt bildet und in deren Park sich das Fremdenverkehrsamt befindet.

Auf der Place d'Arcy stand ein Triumphbogen; es kommt mir seltsam vor, dass ich mich an keine Details erinnere, doch der kleine Bogen war ein wichtiger Teil der Stadtarchitektur, besonders da es hieß, er sei das Modell für den Grand Arc de Triomphe in Paris gewesen. Der Bogen wurde von François Rude, einem der großen Bildhauer, entworfen und hat einen wesentlichen Beitrag zum guten Ruf Dijons auf dem Gebiet der Architektur und Bildhauerei geleistet, der die Stadt schon immer zum Zentrum der burgundischen Kultur machte. 1929 diente die Place d'Arcy als Verbindung zwischen den alten und den neuen Teilen der Stadt und hier befanden sich das führende Filmtheater, das Hôtel de la Cloche und mehrere prächtige *café-brasseries*. Sie stellte das Tor zum ältesten Teil der Stadt und zur Rue de la Liberté dar. Das größte Filmtheater der Stadt war das D'Arcy auf der Place d'Arcy. Es gehörte zu den Kinos, in denen fünfzehn Minuten vor der Vorstellung eine Klingel ertönte, die den Besuchern mitteilte, dass sie ins Kino kommen sollten, und sie ertönte ein zweites Mal zum *entracte;* man schien sie in der ganzen Stadt zu hören. Von den nahe gelegenen Cafés, die man in der Pause aufsuchte, begab man sich dann ins Kino zurück, um den zweiten Teil eines Films zu sehen.

Al liebte das Kino. Er blieb nicht gern zu Hause und er war fest davon überzeugt, dass wir im Kino unser Französisch verbessern konnten; zunächst einmal, weil es Untertitel gab, und später, ab etwa 1931, den Tonfilm. Wir sahen alle frühen Pagnol-Filme und die Verfilmungen der Jean-Giono-Geschichten, die Pagnol selbst drehte. Wir sahen alles, was lief ... deutsche Filme, UFA-Filme ... wir kannten alle französischen Filme und die italienischen, die französisch untertitelt waren. Es machte großen Spaß, aber irgendwann war ich es leid, jeden Abend mit Al ins Kino zu gehen. Al hingegen liebte es.

Hinter dem Restaurant *Grande Taverne* gab es noch ein anderes Filmtheater, auf dessen obersten zwei Stockwerken sich das Hôtel Terminus befand. Dieses Theater war jedoch eher ein Variététheater mit Tischen und Vaudeville-Nummern. Hier zeigte man zum ersten Mal einen Tonfilm. In einem kleineren Filmtheater oben auf der Place Grangier wurden etwas ausgefallenere Filme gezeigt, wie zum Beispiel alle Filme von Charlie Chaplin, die ich seit Jahren zum ersten Mal wieder sah. Dort schauten wir uns auch Horrorfilme und Western an.

Auf einer Seite der Place d'Arcy, auf der Rue Victor Hugo und gegenüber dem Stadtpark und dem Brunnen, stand das Hôtel de la Cloche, das Ritz der Stadt, und ihm gegenüber befanden sich die Zeitungsredaktionen und zwei oder drei ältere Hotels. Bevor wir zu Madame Ollangnier in die Rue du Petit-Potet zogen, logierten wir einige Tage im Cloche, aber eigentlich nur, weil es das größte und bekannteste Hotel der Stadt war. Wir wussten damals zu wenig, um seine berühmten Weinkeller zu schätzen, und fanden das Essen in dem großen, düsteren Speisesaal ziemlich uninspiriert. Später erfuhren wir, dass einmal im Jahr im November, im Rahmen der *Foire Gastronomique*, das Hotel einige Tage lang seinen alten Glanz wiedererlangte. Dann war es voll mit Gourmets aus jedem Winkel Frankreichs, berühmte Küchenchefs wirbelten mit Kochtöpfen in seinen Küchen und Weineinkäufer tranken *fässerweise* Chambertins, Cortons und Romanée-Contis. Aber 1929 war das für uns nicht der richtige Ort. Meine Mutter und meine Schwester Anne wohnten dort einige Tage, als Mutter in unserem ersten Sommer in Dijon mit einem verletzten Knie aus London zu Besuch kam. Es wurde ihr schnell langweilig und sie zog in das Central, das relativ neu und damals eigentlich nicht wirklich stilvoll war. Später wohnte ich mit Timmy, meinem zweiten Mann, und seiner Mutter im Cloche, dessen provinzielle Eleganz sie liebte.

Der Boulevard de Sévigné und die Rue Victor Hugo stießen vor dem Hôtel de la Cloche an der Stelle aufeinander, wo sich der Park befand, und am anderen Ende der Place d'Arcy begann die Rue de la Liberté. Sie führte am Palais des Ducs und dem dazugehörigen Paradeplatz vorbei und endete an der Kirche Saint-Michel. Sie schien mir immer sehr eng zu sein, besonders bei der ersten langen Häuserzeile, die von der Place d'Arcy abging und im direkten Kontrast zu dem breiten Boulevard de Sévigné stand, der direkt vom Bahnhof zum Platz führte.

Gerne rochen wir am Dijoner Senf, besonders an einer der wichtigsten Ecken der Rue de la Liberté, wo *Grey-Poupon* seine kleinen Senftöpfe zur Schau stellte. Ich erinnere mich, dass, lange nachdem ich selbst dort gewesen war, mein Neffe Sean und seine Frau Anne und ihre beiden kleinen Söhne einmal in Frankreich waren und ich Sean von dem *Grey-Poupon*-Geschäft erzählt hatte ... eine richtige Sehenswürdigkeit mit wundervollen alten Fayencetöpfen im Schaufenster, nebst ihrer Kopien, die man als Senfbehälter kaufen konnte. Die beiden Jungen waren fasziniert, weil sich der Fußboden, wie sie sagten, mitten im Geschäft öffnete und der Verkäufer einfach im Keller verschwand und schließlich mit einem kleinen *moutardier* wieder auftauchte. Ich benutzte es lange als Senfbehälter, bis mir vor ungefähr drei Jahren das Unterteil zerbrach, aber ich habe immer noch den Deckel und den kleinen Holzlöffel mit der blauen Kugel am Ende. Es war eine so liebe Geste von den Jungs, die ihn mir direkt aus Dijon mitbrachten.

Im Herbst zog dann der Geruch von Dijoner Johannisbeerlikör durch die Luft und wir verschmierten uns den Mund mit seinem kräftigen Purpur. Aber das ganze Jahr und überall konnte man den Geruch des Dijoner Ingwergewürzkuchens wahrnehmen, dieses *pain d'épice*, das ein heimgekehrter Kreuzritter wahrscheinlich aus Asien mitgebracht hatte. Sein erdiger, seltsamer Geruch – nach Honig, Kuhmist und Gewürznelke und nicht genau definierbar – durchzog unverkennbar die ganze Stadt. Eine kleine Wolke davon schwebte manchmal durchs Theater oder durch ein Café, das von grauem Rauch erfüllt war. In den Kirchen erhob er sich eine triumphierende Minute lang über den Weihrauch.

In der Kunstschule, wo der winzige Ovide Yencesse die hungrigsten Studenten davon zu überzeugen versuchte, dass die Anfertigung von Medaillen eine großartige Karriere bedeutete und, ob sie es wollten oder nicht, sie insgeheim ernährte, kroch auf einer Seite Rauch vom Altar der Kathedrale herein und von der anderen der intensive Duft von *pain d'épice*, wo es in einer kleinen Fabrik gebacken wurde.

Wir kannten die meisten Geschäfte und obwohl ich mich nicht daran erinnere, in unserer ersten Zeit viel Ingwerkuchen gegessen zu haben, kaufte ich ihn oft, als meine Schwester Norah später in der Nähe wohnte. Man nannte ihn *pavé de santé* und er war der schlichteste, köstlichste und billigste Imbiss. Er wurde in riesigen Leibern von etwa zwei Quadratmetern gebacken, war an die fünfzehn Zentimeter dick und wurde in quadratischen Blöcken von jeweils etwa einem Kilo oder vielleicht einem halben Kilo verkauft und in Papier eingewickelt, auf dem *Mulot et Petit Jean* stand oder der Name eines anderen guten Gewürzkuchengeschäftes. Die Aromen waren himmlisch.

*Mulot et Petit Jean* war der größte und älteste Hersteller von Gewürzkuchen und das Stammgeschäft hatte immer etwas von einer Apotheke. Die Frauen, die dort arbeiteten, sahen alle gleich aus, mit festen hochgeschnürten Brüsten und ansehnlichen Händen und Beinen; sie bewegten sich flink über den gefliesten Fußboden zwischen den hohen, polierten Ladentischen, auf denen hübsche Schachteln aufgestellt waren, und dem gewaltigen Kassentisch, den ein kleiner, geschnitzter Zaun umgab. Sie waren gewandt und zurückhaltend, hatten aber auch etwas Beschützendes. Ab und zu, zu Weihnachten oder an Geburtstagen, verschickte ich Leiber des einfachen Gewürzkuchens und Kartons mit der klebrigen Variante nach Amerika; man riet mir davon ab, einen runden, mit kandierten Kirschen verzierten Kuchen zu verschicken und empfahl mir stattdessen einen kleineren, viereckigen, der mit Aprikosenmarmelade gefüllt war.

Das *Grey-Poupon*-Geschäft befand sich an der Ecke einer der Straßen, die von der Rue de la Liberté hinunter zur Place Bossuet führten, wo auch *Mulot et Petit Jean* zu finden waren, und auf der gegenüberliegenden Straßenseite gab es ein wunderbares Geschäft, das verschiedenste Kittel für die arbeitende Bevölkerung herstellte. Jeder Arbeiterstand hatte für seine Kleidung einen eigenen Stoff, einen eigenen Schnitt und eine individuelle Farbe. Ich besitze heute noch einen Kittel, den ich dort gekauft habe. Er ist grau und hässlich, aber er hängt immer noch in meinem Schrank. Ich habe ihn seit Jahren nicht getragen, aber aus irgendeinem Grund bewahre ich ihn auf. Er wäre ein nützliches Kleidungsstück für einen Bildhauer oder einen Tischler ... etwas, an dem man klebrige, abgearbeitete Hände abwischen kann ... Auch Al hat sich dort einen Anzug gekauft. Er war aus einem marineblauen, breiten Kordsamt. Einmal fand ein Maskenball für Studenten statt, den der Bürgermeister im Palais des Ducs veranstaltete, und wir kauften in diesem Geschäft zwei identische Harlekinkostüme. Ich kämmte mein Haar zurück und wirkte vielleicht etwas maskulin. Al hingegen sah ziemlich effeminiert aus.

In jenen Jahren – 1929/1930 – gab es auch Leute, die auf der Straße ihre Gassenhauer zum Besten gaben. Gewöhnlich waren es zwei Personen: ein alter angeschlagener Kriegsveteran aus dem Ersten Weltkrieg, der im allgemeinen Bewusstsein noch sehr präsent war, und eine Frau. Der Mann saß meistens auf einem kleinen Hocker und die Frau ging herum, sammelte die Almosen ein. Sie sangen ein Lied, manchmal auch zwei oder drei, und manchmal verkauften sie Notenblätter für einen Penny. Ich blieb stets stehen und hörte ihnen zu, seltsamerweise kann ich mich nicht daran erinnern, ihnen je ein Notenblatt abgekauft zu haben.

Das Palais des Ducs, am Ende der Rue de la Liberté vor der Place d'Armes, bestand aus einer Reihe majestätischer Gebäude, in denen sowohl die Büroräume des Bürgermeisters als auch die Museen untergebracht waren. Im Innenhof befand sich die herzogliche Küche, eigentlich nur ein großer Schornstein, der sich über einem Raum erhob. In diesem Innenhof gab es aber auch noch die in Gedanken versunkene Statue von Claus Sluter, dem ersten großen Bildhauer im Burgund, der den Puits de Moïse schuf, welcher sich außerhalb der Stadt befindet. Der großartige Turm von Phillipe Le Bon befand sich auf der Rückseite der hohen Gebäude und überragte sogar noch die Kirchen. Die Rue de la Liberté trennte das Palais des Ducs von der Place d'Armes, die naturgemäß ein Paradeplatz war und seit jeher das Zentrum der Stadt bildet.

Ging man vom Palais des Ducs die Rue de la Liberté hinunter, kam man zur Oper, der Place de l'Opéra und dem kleinen *Café de l'Opéra*. Dort war auch eine berühmte Druckerei, wo James Joyce, D. H. Lawrence und andere Autoren gedruckt wurden, die in England und Amerika verboten waren. Diese Werke enthielten seltsame Druckfehler, da alle Korrekturleser zwar Englisch sprachen, aber natürlich Franzosen waren. Sie druckten auch Als Dissertation und später die von Larry Powell, schließlich verdienten sie mit dem Drucken von wissenschaftlichen Arbeiten ihren Lebensunterhalt. Dann gab es noch den Getreidemarkt, auf dem jeden Mittwoch und Samstag jede Menge Tauben herumstolzierten und die Körner aufpickten, die die Händler aus ihren Taschen fallen ließen.

Hinter dem Palais des Ducs erstreckte sich die älteste Marktstraße der Stadt. Sie war sehr eng, immer voll und schmutzig; mit den Giebeldächern, die jene berühmten grünen, gelben, schwarzen und roten Ziegel des Burgunds schmückten, es war das malerischste Viertel der Stadt. Und dort lag der herrliche kleine Platz François Rude und schließlich der Platz, auf dem sich die Menschen zusammenfanden, um die sagenhaften, grotesken Wasserspeier zu bestaunen, und die große Jaquemart-Turmuhr mit ihren mechanischen Figuren an der Fassade der Kirche Notre-Dame.

Die andere Hälfte der alten Stadt befand sich dort, wo sich die Place d'Armes vor dem Palais des Ducs erstreckte. Vom Halbkreis der Place aus nahmen ein Dutzend kleiner Straßen ihren Verlauf in den älteren Teil der Stadt, wo es einerseits Geschäfte, aber auch herrliche Stadthäuser gab, und dieser Teil endete, für uns jedenfalls, an der Ecke der Rue Chabot-Charny und der Rue du Petit-Potet. Die Gebäude auf der Place d'Armes waren alle zweistöckig und sahen sich ziemlich ähnlich, hier gab es mehrere kleine Cafés und Teestuben und zwei Restaurants, das *Pré aux Clercs* und Racouchots *Aux Trois Faisans*. An einer der Straßenecken, die von der Place ihren Ausgang nahmen, war Venot, die zentrale Buchhandlung der Stadt. Ich kannte keine andere, nur sie und sie besorgte alle Bücher für die Universität.

Monsieur Venot war ein stadtbekanntes Original und galt als der geizigste und unangenehmste Mann von Dijon, wenn nicht von ganz Frankreich. Aber das wusste ich nicht und deswegen behandelte ich ihn wie einen höflichen und sogar großzügigen Menschen. Ich kaufte bei ihm eigentlich nur Lehrbücher, da ich für andere Literatur kein Geld hatte, aber ich verbrachte oft viele Stunden in seinem voll gestopften großen Geschäft, sah mir Bücher an, stellte ihm Fragen, schnüffelte an dem feinen Papier und schrieb dort sogar Textstellen aus Büchern ab, wofür er freundlicherweise seinen Arbeitstisch, seine Tinte und oft sein Papier zur Verfügung stellte. Zu mir war er höflich und großzügig und ich mochte ihn. Als ich dies Georges und Henriette Connes erzählte, viele Jahre nach meiner Studienzeit und nachdem der alte Monsieur Venot gestorben war und einer Anzahl von Menschen eine Menge Geld vermacht hatte, von denen niemand jemals dachte, dass er sich mit ihnen abgegeben hätte, lachten sie mit einem verständnisvollen, wenn auch amüsierten Erstaunen. Natürlich bin ich heute zurückhaltender als damals oder vielleicht einfach weniger blauäugig, und ich würde es mir heute nicht im Traum einfallen lassen, so naiv die Großzügigkeit und Weisheit eines als Geizhalses verschrienen Menschen anzunehmen.

In Monsieur Venots Buchhandlung lernte ich französische Bücher mehr zu schätzen als andere. Sie schmiegten sich der Hand an und mussten Seite für Seite aufgeschnitten werden. Mir gefiel das – arbeiten zu müssen, um sich die Belohnung zu verdienen, ungeduldig durch das billige Papier einer ›Bahnhofslektüre‹ zu schneiden, jenen Büchern, die man in Bahnhöfen kauft und dann wegwirft oder aber oft auch aufbewahrt, weil sie einem aus diesem oder jenem Grund ans Herz gewachsen sind. Ich mochte es, wenn das Papier an den Seitenrändern auf meinen Schoß, meine Bettdecke oder meinen Teller bröselte.

Alle Straßen dieses alten Stadtteils abseits der Place d'Armes waren eng und gewunden, hinter ihren geschlossenen Fensterläden mit Leben erfüllt. Von unseren Zimmern aus waren vierzehn oder mehr Glocken der vielen kleinen Kirchen und Klöster zu hören. Zwischen unserem Haus und der Place d'Armes erhob sich der Justizpalast, der mich immer mit einem Gefühl des Grauens erfüllte, wenn ich an die Verbrechen dachte, die dort in all den Jahrhunderten verhandelt worden waren. Es war ein sehr altes und trotzdem vornehmes Gebäude, mit einer Eingangshalle, die ganz mit Holz getäfelt war. Einige der Straßen in diesem Teil der Stadt hatten Namen wie ›Die Straße der guten Kinder‹ und sie wurden mir vertrauter als alle anderen, die ich jemals kennen lernen sollte. Als wir später in die Rue Monge zogen, waren wir immer noch im älteren Teil der Stadt, aber in der Nähe der Kanäle und der Saône. Auch die Stadt sollte mir vertrauter werden als jeder andere Ort, in dem ich zuvor oder danach gewohnt habe. Und ich habe das Gefühl, dass ich heute dort genauso einfach leben könnte wie in jenen ersten drei Jahren – trotz der unvermeidlichen Veränderungen, welche die kurze Zeitspanne von etwa sechzig Jahren selbst in einem Ort, der so alt wie Dijon ist, herbeiführen kann.

MFK kurz bevor sie auf das Schiff nach Frankreich ging, ca. 1929

Notre Dame, ca. 1930

Al und MFK Fisher, ca. 1929

Zeichnung vom Chefkoch Racouchot (»Aux Trois Faisans«)

AUX TROIS FAISANS

MENU

L'Amuse Gueule

Le Carpeau Royal à la Chambord

Le Pâté Chaud d'Alouettes

Le Fond d'Artichaud Printanière

La Croustade au Foie gras

Le Fromage

La Glace Gloire de Dijon

Le Fruit

La Frivolité

LE BOURGOGNE VIEUX
LE MEURSAULT CHARMES 1918
LE RICHEBOURG 1919
LE COSTE FOLCHER BRUT 1915
LE CAFÉ - LA LIQUEUR

RACOUCHOT Restaurateur

LITH. RICHARD DIJON

DIJON

Le 15 Novembre 1930

Menu zur »Foire Gastronomique de Dijon« vom 15.11.1939

Dijon, ca. 1938

Blick vom »Aux Trois Faisans« auf die Place d'Armes und den Herzogspalast, 1930

George Connes, Doktorvater von Al, ca. 1930

David, Norah, Anne und MFK in Whittier, Juni 1931

Das Beaux-Arts, die Kunstschule, befand sich gegenüber der Place Boussuet und am unteren Ende der Rue Cardinale zwei oder drei Ecken von unserer Wohnung in der Rue du Petit-Potet entfernt. Sie war Teil des nationalen Schulsystems und ich glaube, ich zahlte einen Franc Studiengebühr für die Abendkurse. Die Schule war ein wundervolles, nüchternes Gebäude, das neben den Ruinen einer alten Kirche stand – gebaut, um hohe kirchliche Würdenträger, die auf Besuch waren, angemessen zu beherbergen. Sie hatte einen gepflasterten Innenhof und im Gebäude selbst waren Türen, Säle und Fenster so hoch und breit, wie es sich sowohl für die kirchlichen als auch die vornehmen Ränge ziemt; von der Rückseite blickte man auf die Überreste eines ehemals eleganten Parks, in dem mittellose Studenten der Universität in heruntergekommenen Stadthäusern lebten.

Zunächst besuchte ich nur die Abendkurse am Beaux-Arts. Zu jener Zeit, etwas über zehn Jahre nach dem Ersten Weltkrieg, hatte man auf der Straße nie irgendwelche Scherereien und so machte ich mich unter dem Licht der Laternen mit meiner Mappe Zeichenpapier und einer Tasche voller spitzer Zeichenstifte auf den Weg. Es kam mir nicht in den Sinn, dass mich jemand belästigen oder stören könnte. Die Straßen waren nachts so sicher wie am Tag. Man bekommt, wonach man sucht, denke ich mir immer, und ich war nicht an Schwierigkeiten interessiert.

Tango, der vermeintliche Boston Terrier der Ollangniers, begleitete mich immer, und wenn der Unterricht zu Ende war und die Lichter in dem großen Gebäude erloschen, nachdem die letzten Studenten die Tore hinter sich gelassen hatten, wartete Tango dort auf mich, um mit mir nach Hause zu gehen. Er liebte unsere Route durch kleine Straßen, in denen das Licht der Kellerbäckereien auf den Gehweg fiel. Die Bäcker arbeiteten alle unterhalb der Bürgersteige unter ihren Geschäften. Manchmal standen in warmen Nächten die in den Bürgersteig eingelassen Eisentüren offen, damit frische Luft hineinkam. Ich schaute hinunter und der Kopf des jungen Bäckers wandte sich mir zu, meistens mit zwei geröteten Wangen, Mehl im Haar und auf den Wimpern; manchmal genehmigte er sich eine Zigarette vor der Bäckerei, während das Backen seinen Lauf nahm: helles Licht, jede Menge Mehl in der Luft und auf dem Boden und die Öfen prasselten.

Tango hinterließ seine Visitenkarte an so vielen Laternen wie jeder andere Hund auch, der die feuchten, aber wohlriechenden Straßen der Stadt hinuntertrottete, und einmal zählte ich aus Spaß diese erfolgreichen Besuche zwischen dem Beaux-Arts und der Rue du Petit-Potet … beharrlich verteilte er einen Tropfen hier, einen Tropfen dort.

Nach einem Semester Abendkursen besuchte ich fünf Mal die Woche auch den Unterricht am Morgen und schloss einige gute Freundschaften. Die Luft in den Räumen der Abendkurse war wärmer als am Morgen, da die Studenten den ganzen Tag lang in den großen Räumen geatmet hatten. Der Leiter der Ecole des Beaux-Arts war ein spitzbärtiger Mann, ein ausgezeichneter Aquarellmaler und der Höfling der örtlichen Charity-Ladies. Er erschien ein- oder zweimal während des Unterrichts am Morgen und verströmte den Geruch von teurem Mundwasser über unsere Nacken hinweg, während wir vor unseren Staffeleien saßen. Gelegentlich machte er in der Stadt eine eigene Ausstellung mit hübschen Bildern. Ich glaube, er hatte einige Jahre zuvor den *Prix de Rome* gewonnen. Er verwaltete die Zuwendungen, die das Beaux-Arts erhielt, aber niemand schenkte ihm viel Aufmerksamkeit, was zum Teil seine Unsichtbarkeit erklärt.

Ovide Yencesse bildete die andere Hälfte der *faculté* des Beaux-Arts. Er unterrichtete Bildhauerei, und das war wichtig. 1929 lebten im Burgund viele nicht gemeldete Italiener mit ihren Familien und sie schienen der Meinung zu sein, dass man ohne Papiere am besten überleben konnte, indem man Grabsteine meißelte. Also wurde der Unterricht von Yencesse fast ausschließlich von jungen, schönen Männern besucht, die Engelsgesichter und Wasserlilien meißeln mussten, ob sie nun ihre Salami und ihren Käse aufschneiden konnten oder nicht. Ich arbeitete mehrere Monate lang in den oben liegenden Ateliers des spitzbärtigen Professors. Ein kleiner Holzofen stand irgendwo im Hauptkorridor des ehemaligen Kardinalspalastes, das Modell hatte sich dort auszuziehen, um dann völlig unbedeckt zwei riesige ›Audienzzimmer‹ zu durchqueren, bevor es auf ein Podest stieg, vor dem zu meiner Zeit eine schnatternde Schar gesellschaftlich angesehener junger Dijoner Damen versammelt war, die zwischen sechsundzwanzig und etwa vierzig Jahre alt waren.

Ich war sehr zurückhaltend, aber akzeptiert, und so wurden Al und ich in einen Kreis junger burgundischer

Aristokraten aufgenommen: *la petite noblesse*. Heute würden diese Frauen Kochkurse besuchen. Damals war der einzig mögliche Zugang zu Kultur das Beaux-Arts … natürlich mit der Ausnahme der jungen, ledigen oder verheirateten Frauen, die sich der Kirche näher fühlten und sich der Wohltätigkeit widmeten. Monsieur Ollangnier hatte es geschickt arrangiert, dass ich die Abendkurse und dann schließlich den ganzen Morgen am Beaux-Arts verbringen konnte. Gelegentlich zeigte ich ihm meine schauerlichen Zeichnungen und fast immer spürte er eine Kleinigkeit auf, vergleichbar einer Erbse in einer Schüssel Haferbrei, für die er mich loben konnte. Als Künstlerin war ich ganz einfach eine Null, aber gesellschaftlich gesehen gab es ihm ein gutes Gefühl, dass der Spitzbart mir die Zulassung zum morgendlichen Unterricht gegeben hatte.

Meine Grammatik verbesserte sich dort ungemein, ganz dem Sprachschatz der höheren Bourgeoisie zugetan, während ich Füße, Hände, Arme und schließlich den ganzen, eisig kalten Körper des Modells zeichnete, der eine Gänsehaut hatte. Der Mann fror, aber er blieb tapfer. Es war meistens ein gut gebauter, arbeitsloser italienischer Arbeiter, relativ sauber, der ganz offensichtlich schüchtern und unbeholfen war. Einige Male warf er einen Blick auf all diese fröstelnden, burgundischen Damen und bekam eine Erektion, worauf er schnell auf den Gang hinauseilen musste, um später bleich und verlegen zurück zu kommen. Ich frage mich gerade, wie die Reaktionen der anderen Studentinnen ausfielen. Meine waren gleich Null … ein leichtes, aber kein empathisches Mitleid.

Nach ungefähr vier Monaten wechselte ich auf Monsieur Ollangniers Vorschlag hin von der Anatomie zur

Bildhauerei bei Monsieur Yencesse. Sein Vorgesetzter hatte Modelle nie wirklich akzeptiert, warum sollte ich also nicht mehr mit meinen Händen arbeiten und lernen, Drahtgerüste für Skulpturen herzustellen? Ovide Yencesse war einer der kleinsten Männer, die ich jemals getroffen habe, mit zarten und perfekt modellierten Knochen. Er bewegte sich so, wie er geschaffen war, mit Präzision und Ausgewogenheit. Er war ein junger Charlie Chaplin, selbst mit seinen sechzig Jahren. Im Rückblick erscheint er mir grau, mit einem gepflegten Bart und anspruchsvoll gekleidet. Er hieß mich ungezwungen in seinem großen Atelier am anderen Ende der eiskalten Gänge willkommen, fern der von seinem Vorgesetzten geleiteten Aquarell- und Aktzeichenkurse, und ich fühlte mich in einem besseren Königreich aufgehoben.

Während unserer flüchtigen, aber lang andauernden Bekanntschaft sagte er, dass der Grund, warum er einer der besten Medailleure Frankreichs sei, der goldene Medaillen entwirft, die an Nationalhelden geheftet wurden oder die großer Schlachten und Ereignisse gedachten, darin bestünde, dass er zu klein war, um einen Meißel richtig zu führen. Und was ist der Schöpfer überlebensgroßer Monumente ohne seinen Meißel und seinen Schlägel, ohne die langen, starken Arme, um sie zu handhaben, aber auch ohne die langen Beine, mit denen er spinnennetzartige Gerüste besteigen muss?

Er konnte Denkmäler entwerfen, er konnte sie aber nicht ausführen. Er nahm sich gegenüber diesen großen Marmorblöcken, die Frankreich und andere Länder zur eigenen Feier errichten, wie eine lächerliche Stechmücke aus ... Seine Rettung, sagte er, bestünde darin, an seine

Frau zu denken, wenn er auf einer großen Granitnase oder -hand säße. Deshalb beschloss er, erlesene, kleine Medaillen zu schaffen, die in der richtigen Perspektive so massiv und raffiniert erschienen wie die Triumphbögen einer Stadt oder eines Dorfes. Er war mit einer Frau verheiratet, die ich nie kennen lernte, obgleich das möglich gewesen wäre, und die ihm eine große Schar gesunder, großer und kräftiger Kinder gebar. Ich weiß nicht mehr, wie viele es waren ... zehn oder zwölf. Sie lebten in einer legendären Villa außerhalb Dijons. Ich wurde einmal dorthin eingeladen, doch ich missverstand die von einem Lächeln begleiteten Worte, am Sonntag zwischen drei und sechs Uhr dort vorbeizukommen, und als Monsieur Yencesse mich höflich fragte, warum ich nicht erschienen sei, war ich so verwirrt und verlegen, dass ich so tat, als wüsste ich überhaupt nichts davon. Er zuckte leicht mit den Schultern und ich wurde nie wieder gefragt; später erfuhr ich, dass es sich bei den Sonntagnachmittagen um äußerst seltene Einladungen handelte, bei denen getanzt und guter Wein getrunken wurde und an denen Dutzende von jungen Leuten anwesend waren, die dort erfuhren, wie sie durch die nächste Woche, die nächste Prüfung, den nächsten Tag kamen. Zwar lernte ich all das auch, aber ich habe immer bedauert, dass ich mir diesbezüglich nicht doch einige Tipps von den, wie mir berichtet wurde, umgänglichen jungen Menschen *chez* Yencesse geben ließ.

Pierre, einer seiner Söhne, half seinem Vater im Beaux-Arts. Ich weiß nicht, was *helfen* in diesem Fall bedeutete, aber er hatte ein Atelier über den Räumen des alten Kardinals, und einmal, in einer Ausstellung junger Künstler aus Dijon, stellte er die Skizze eines sich fläzenden, fetten, hässlichen und sicherlich übel riechenden Mädchens aus, die so unwiderstehlich gut war, dass ich zum ersten Mal in meinem Leben wusste, dass ich meine Zukunft für ein Bild verpfänden würde. Doch das Bild war bereits verkauft worden, als ich darum bat, mit Monsieur Pierre sprechen zu dürfen. Er blickte mich amüsiert an und sagte, er sei erstaunt, dass ich an diesem derartig weiblichen Körper interessiert sei. Ob er mir eine Fotokopie der Zeichnung schicken könne? Ich stolperte aus dem Raum und fühlte mich unbeholfen und dumm. Er dachte, ich hätte das Bild wegen seines Motivs kaufen wollen und nicht wegen seiner *maîtrise*. Er schickte mir das Foto, das ich noch immer habe; es verkörpert einen dieser herausragenden Augenblicke, die sich mindestens einmal im Leben eines Künstlers ereignen. Vielleicht wollte Pierre nicht zugeben, dass ich seinen kreativen Rausch erkannt und seine Inspiration intuitiv erfasst hatte, und ich bin froh, dass es ihn überraschte, ganz gleich, was er für meine eigentliche Motivation hielt, es zu besitzen.

Und so setzte ich jeden Morgen und fünf Tage die Woche mein zweites Jahr am Beaux-Arts in Monsieur Yencesses Bildhauerklasse fort. Ich sagte nichts und verhielt mich distanziert, aber ich genoss diese riesigen Räume mit ihrem wundervollen Licht sehr bewusst. Ich verbrachte die Zeit mit jungen Männern, die lernten, Grabsteine zu meißeln, und sie waren höflich und gut aussehend, aber wir wechselten nie mehr als zwei Worte. (Ich war Amerikanerin und ich war verheiratet – das war genug!) Eines Tages wurde mir klar, dass sie mich nicht leiden konnten. Ich war zwar eine Frau, aber ich war völlig anders, nicht interessiert und nicht verstört ob ihrer Männlichkeit. Das war ihnen rätselhaft.

Einmal betrat ich das *atelier*, nachdem ich wie üblich meine Arbeitskluft angezogen hatte, oder was auch immer diese schwere Einheitskleidung war, die damals in Bildhauerklassen getragen wurde. Jedes Lehmmodell im Raum, in dem wir am männlichen Körper gearbeitet hatten (dieses Mal ohne Modelle!), trug eine große, ansehnliche Banane als Penis, anstatt der diskreten kleinen Lehmstücke oder Blätter, die sonst an dieser Stelle angebracht waren. Einer der eher stillen, unbeteiligten Studenten ging im Atelier herum und entfernte die Früchte. Ich bezweifle, dass gekichert wurde, aber bald bat mich Monsieur Yencesse mit ihm auf den langen Korridor hinauszugehen, wo mehrere aufgestellte Wannen dazu dienten, den von uns benutzten Lehm nass zu halten. Er zeigte mir, dass mein Werkzeug, mein Tisch und alles Weitere bereits aus dem Raum entfernt und neben einem Lehmzuber aufgebaut worden war. Er sagte, seiner Ansicht nach wäre es für mich vielleicht einfacher, ohne den Druck der professionellen Geschwindigkeit der Grabsteinjungs zu arbeiten.

Ich schuf nie etwas, das einer Erwähnung wert wäre: ein paar Flachreliefs, da ich Ovide Yencesses exquisite Meisterhaftigkeit dieser seltsam subtilen Fähigkeit respektierte, außerdem einen kleinen Kopf, eine Rundplastik meiner Schwester Norah. Ich hatte später keinen Kontakt zu ihm, das heißt, wir schrieben uns keine Briefe, und ich kann mich nur an ein gewisses Bedauern in seinem Ausdruck erinnern, als er mich fragte, warum ich nicht zu dem Sonntagsvergnügen gekommen sei. Aber ich hatte einfach nicht verstanden, dass es sich um den königlichen Befehl eines Menschen handelte, der nur wegen seiner winzigen Hände und kurzen, zerbrechlichen Knochen daran gehindert wurde, große Monumente zu schaffen. Er, sein Sohn Pierre und nicht zuletzt vielleicht auch die unbewegten Gesichter der Studenten erteilten mir eine bessere Lektion, als ich sie verdiente.

Al hatte etwas von einem Lehrer an sich, er brachte mir manchmal Bücher mit und sagte: »Das kannst du jetzt übersetzen.« Und das tat ich auch. Er gab mir ein Buch über El Greco und eines über Dürer.

Auf Empfehlung von Monsieur Martenot von der studentischen Wohnungsvermittlung, der uns die Unterkunft besorgt hatte, fing ich bald damit an, Englisch- im Austausch gegen Französischstunden zu geben. Er schickte zwei oder drei sehr nette junge Damen zu mir in meine Wohnung, was gestattet wurde, da ich verheiratet war. Wäre ich ledig gewesen, hätten wir uns entweder in einem Raum in der Schule treffen müssen oder im Studienhaus hinter dem Beaux-Arts, ein wunderbares Gebäude, in dem allerdings sehr arme ausländische Studenten wohnten, die dort für fünfzehn Cent Essen – schreckliches Essen – und Unterkunft erhielten. Ich hatte glücklicherweise den kleinen Gaskocher neben der Waschgelegenheit und so machten wir Tee und ich besorgte Kekse oder Kuchen. Manchmal brachten die jungen Frauen auch etwas Selbstgebackenes mit, hin und wieder tranken wir auch Tee bei *Duthu* oder *Michelin*, wenn wir bei Kasse waren.

Es erscheint eigenartig, dass ich mich kaum an die Kurse an der Universität erinnere. Ich besuchte sie drei Jahre lang und sie waren die ganze Zeit über eigentlich zu einfach für mich, so dass ich, als ich die Abschlussprüfung am Ende des zweiten Jahres ablegte, sehr erstaunt war, dass ich in der Zeitung zwar meinen Namen unter den Studierenden fand, aber nicht an der Spitze der Liste, sondern so ziemlich in der Mitte. Das hieß, dass ich überhaupt keine gute Studentin war.

Das *assez bien* hinter meinem Namen tut mir heute noch weh. Es war das einzige Mal in meinem Leben, dass ich in aller Öffentlichkeit für *gut genug* und nicht für *très bien* erklärt wurde. Es war für mich ein richtiger Schock und zum ersten Mal sah ich meine Leistung mit einer für mich neuen Bescheidenheit an. Ich hatte mit der mir eigenen Nonchalance die Kurse durchlaufen und dieses *assez bien* war meine wohlverdiente Strafe. Mir wurde damals klar, dass ich noch nie in meinem Leben studiert hatte und es auch nie wieder tun würde. Ich hatte die Chance gehabt, zu beweisen, dass ich hart arbeiten konnte, um die Einsen zu bekommen, die ich immer für selbstverständlich hielt. Meine Lehrer hatten viel Geduld mit mir, aber sie nahmen mich nicht ernst, warum sollten sie auch. Für die ausgezeichneten Männer, die mir etwas beizubringen versuchten, war ich ganz einfach eine Dilettantin.

Einer der wichtigsten Professoren der *faculté* war Georges Connes, der das Doktorat betreute, an dem Al arbeitete (später war er auch der Mentor von Larry Powell). Während der drei Jahre in Dijon waren wir oft bei ihm eingeladen und wir nahmen wohl oder übel als Gäste an mehreren steifen Abendessen in Connes' Villa teil. Sie waren bei weitem die unangenehmsten, die ich seit meiner eigenen Zeit im Internat erlebt habe, und ich empfand erneut meine alte Schüchternheit und Unbeholfenheit. Aber Al zuliebe tat ich so, als gefielen sie mir. Später kehrte ich als gute Freundin sowohl von Georges als auch von Henriette Connes in ihr Haus zurück.

Georges war ein großer, magerer Mann mit einem betont schlichten Verhalten, vielleicht um die erlesenen Umgangsformen seiner Frau Henriette Le Gouis Connes auszugleichen. Einige Jahre lang flößte sie mir einen ziemlichen Schrecken ein, was ich zum Teil auf die Strenge schob, mit der sie Georges behandelte. So lange ich sie kannte, gab sie den Englischunterricht am Lycée de Jeunes Filles. Zum Glück verwandelte sich, nachdem wir Dijon verlassen hatten, mein ursprüngliches Grauen vor ihr in eine echte Freundschaft und ihr kaltes, überlegenes Verhalten wurde freundlicher. Glücklicherweise hatte sie damals nichts mit uns zu tun, da Georges für uns verantwortlich war. Ich kannte sie nur als meine Gastgeberin bei endlosen Abendessen in der kalten, unpersönlichen Villa etwas außerhalb der Stadt. Später erschien mir diese fast wie ein zweites Zuhause, obgleich sie hässlich war. Sie befand sich mitten in einem großen, nüchternen Garten und lag im Schatten eines vierstöckigen Wohnhauses, in dem, wie ich bald erfuhr, die frühere Amme der beiden Connes-Kinder wohnte. Es überraschte mich zu hören, dass sie immer noch für sie arbeitete.

Als wir nach Dijon kamen, war Marie-Claire Connes ungefähr vier Jahre alt und Pierre, den Georges sehr liebevoll *Mon Petit Crapaud* nannte, war zwei. Ich störte mich an Madames scheinbarer Kälte ihren Kindern gegenüber, die sie selten sah, weil sie ihre Position am Lycée als Tochter des großen Professors Emile Le Gouis von der Sorbonne sehr ernst nahm. Aus irgendeinem Grund wurde dies immer erwähnt, wenn Georges' Name fiel, und es ärgerte mich sehr und erweckte in mir eine unbewusste Zuneigung für ihn.

Tatsächlich glaube ich, dass ich auf eine sonderbare Art auf Madame Connes eifersüchtig war, was sich in meinem ständigen Gefühl ausdrückte, Georges vor ihrer Überlegenheit als Tochter des führenden Professors der Sorbonne, die einen Bürgerlichen geheiratet hatte, beschützen zu müssen. Es kam mir immer so vor, als würde sie sich über seine gesellschaftliche Herkunft lustig machen.

⚜

Ich wusste nichts über meine Lehrer, bis auf das, was ich vermutete, und dem, was die geschwätzigen jungen Damen ausplauderten, denen ich Englischstunden im Austausch gab, dem ich aber keine Beachtung schenken wollte. Heute ist mir klar, dass sie darauf zählten, diese Gerüchte von mir bestätigt zu bekommen, mit denen sie mich fast drei Jahre lang vollkommen vergeblich fütterten.

Von mir gab es nie Klatsch zu hören und noch weniger interessierte er mich; deswegen fand ich ihre gierigen Augen und Münder einfach nur abstoßend. Sie hungerten geradezu nach Klatschgeschichten. Ich hörte zwar höflich zu, gab aber nie irgendwelche Informationen preis. Das entsprach meinem Wesen und das hat sich nicht verändert. Als junge amerikanische Frau eines Doktoranden, der im zweiten und dritten Jahr zum *lecteur en Anglais* ernannt wurde, wodurch ich notgedrungen zur Gattin eines Fakultätsangehörigen avancierte, wurde ich von Anfang an mit schockierend unanständigen und schmutzigen Gerüchten über jeden einzelnen Angehörigen der Fakultät bombardiert, ebenso über jedes Mitglied der Familie. Es ist ein Wunder, dass ich einen kühlen Kopf behielt, als ich diesen Monstern jeden Nachmittag begegnete. Ich wusste genug, um einem Engel die Haare zu Berge stehen zu lassen, ich wusste, was in jedem Schlafzimmer vor sich ging, nicht nur in den ehelichen, sondern auch in anderen Zimmern der Stadt, einige der bekannteren Bordelle inbegriffen.

Ich wusste auch über die Ehefrauen Bescheid und gezwungenermaßen gleichfalls über die verschiedenen Kinder, doch ich kann mich an kein einziges Wort erinnern. Zum einen Ohr rein, zum anderen raus, das war mein Motto und nicht deshalb, weil ich prüde oder freizügig oder irgendetwas dazwischen war: Ich interessierte mich einfach nur für mein eigenes Leben.

Ich wusste zum Beispiel über Monsieur und Madame Trahard Bescheid. Er war der Vertreter von Georges und beide waren sehr gute Freunde. Ihre Frauen pflegten ebenfalls einen freundschaftlichen Umgang, aber sie zeigten allen anderen die kalte Schulter, was in diesem Fall auch meine Person betraf. Ich war für sie ein Nichts, und das mit gutem Recht. Ich war allenfalls eine störende Unterbrechung, jemand, zu dem man höflich sein muss, weil ich eine Studentin ihres Gatten war, aber auch die Frau eines jungen Yankee-Assistenten des Fachbereichs. Henriette Connes machte mir weiterhin Angst und langweilte mich, glücklicherweise wurden meine Beziehungen zu den anderen Ehefrauen weniger durch die Position meines Mannes bestimmt.

Monsieur Trahard war selbstverständlich brillanter als Georges Connes. Ich weiß nicht, was mit ihm während des Kriegs und danach geschah, aber er stieg zweifelsohne in der strengen Hierarchie der Universität auf, die in Frankreich unter staatlicher Kontrolle stand. Georges zog es vor, in Dijon zu bleiben, und wurde schließlich der Dekan der *faculté*. Wie alle anderen Universitätsprofessoren hatte er eine Zeit lang an einem *lycée* unterrichtet und war dann nach der Verteidigung seiner wissenschaftlichen Arbeit in der Rangordnung des Universitätsbetriebs zügig aufgestiegen. Das höchste Ziel, das jede dieser Marionetten des Hochschulsystems hatte, war es, immer weiter nach oben zu kommen, um schließlich Fachbereichsvorsitzender an der Sorbonne oder in Straßburg zu werden.

Einige der Professoren schienen wichtiger zu sein als andere, was am Bildungssystem lag, so dass niemand an die Universität kam, ohne vorher ordnungsgemäß an einem *lycée* unterrichtet zu haben. Natürlich gab es in diesem geradlinigen System immer auch Ausnahmen. Ein ganz besonderer Fall war zum Beispiel Monsieur Bodin. Er war ein Gentleman von großem Ansehen und ganz die alte Schule ... groß, mager und extrem vornehm. Er umgab sich immer mit den deutschen Austauschstudentinnen der Oberschicht, die zu seinem eigenen aristokratischen Hintergrund passten. Er hielt sich einen Diener und hatte die Erlaubnis, an der Universität Vorlesungen zu halten, anstatt nur die jüngeren Männer an einem *lycée* zu unterrichten. Denn obwohl er sogar die Qualifikationen hatte, als ordentlicher Professor an einer noch besseren Universität als der von Dijon zu unterrichten, weigerte er sich, seine wissenschaftliche Arbeit zu Ende zu bringen. Diese Weigerung war damals legendär und ist es in der Geschichte des komplizierten französischen Bildungssystems vielleicht auch heute noch. Er weigerte sich, seine Arbeit zu verteidigen, was ihn automatisch in die *faculté* einer großen Universität befördert hätte, doch jedes Mal, wenn er seine Schrift vorlegte, ließ er ein bedeutsames Komma weg oder fügte einen weiteren Punkt hinzu, um seine perfekte Arbeit zu untergraben. Dieser Trick garantierte ihm bis zur nächsten Prüfungsperiode Immunität und so führte er weiterhin sein von ihm gewähltes, schönes Leben als Gentlemanlehrer an der Oberschule in einer kleinen Provinzstadt; er ließ sich weder durch Krieg, Frieden und Leistungswettbewerb noch durch das Eheleben beeindrucken. Er empfing einige auserwählte Studenten und war eine legendäre Erscheinung, wenn er durch die Straßen Dijons stolzierte, immer in der einen Hand einen Spazierstock mit Silberknauf und am anderen Arm eine gut gekleidete Studentin, seine ›Assistentin‹.

Ein weiterer Sonderling des Universitätssystems war Jean Matrouchot. Er war ein Freund von Georges Connes und auch von Larry Powell, dem Al und ich immer mit ziemlicher Ehrfurcht begegneten, ohne aber näher mit ihm bekannt zu sein. Er war jünger als Georges und bereits als Exzentriker und Kauz bekannt, hauptsächlich wegen seines schlechten Sehvermögens. Er bestand darauf, als Professor am *lycée* zu unterrichten und ein oder zwei Kurse und auch die *Cours de Vacances* zu geben. Meine Klatschmäuler versicherten mir, er sei am *lycée* dafür bekannt, dass er manchmal zum Unterricht um acht Uhr morgens im Smoking erschien – ein Beweis für seine nächtlichen Umtriebe.

Eine der Lehrkräfte an der Universität war Monsieur Martenot, der *Ne Confondez Pas …* geschrieben hatte, ein wunderbares Grammatikbuch, das alle ausländischen Studenten benutzten. Aber ich weiß nicht, ob er ein ordentlicher Professor war. Ein weiterer Dozent, der für die ausländischen Studenten allerdings wichtiger war als für die französischen, war der Phonetikprofessor Monsieur Porteau. Er war ein undurchschaubarer, wortkarger Mensch, weder beliebt noch unbeliebt, und er schien sowohl mit den Studenten als auch mit den anderen Lehrkräften wenig zu tun zu haben. Seine Frau erzählte, dass er die meiste Zeit betrunken sei.

Sie war wiederum die einzige Professorengattin, die sich mit mir, einer Studentin, abgab. Sie war eine imposante, gewichtige Frau, groß und würdevoll, und sie schien sehr einsam zu sein. Sie machte aus mir so etwas wie eine *confidante* und es gefiel ihr, sich mit mir ausgedehnte, ziemlich angeheiterte *teas* in den Teesalons zu genehmigen, die den Damen der Stadt, die nicht oft in den Cafés oder *brasseries* erschienen, kleine Gläser süßen Weins wie Marsala und Sherry servierten. Madame Porteau zeigte sich mir gegenüber von einer großen Freundlichkeit und nahm sich später meiner Schwester Norah an, die schon früh lernte, reichlich Alkohol zu vertragen. Madame Porteau freundete sich mit mir und Norah aus dem gleichen, vagen Beweggrund an: Sie war einmal eine amerikanische Staatsbürgerin gewesen, obwohl sie französischer schien als irgendjemand sonst in der Stadt.

Die anderen Frauen der Fakultätsangehörigen wie Madame Connes und Madame Trahard unterrichteten oft selbst an einem *lycée* und ich sah sie eigentlich nur, wenn sie zu seltenen Anlässen Studenten zu sich nach Hause einluden.

Wahrscheinlich war der faszinierendste unter den ordentlichen Universitätsprofessoren ein schmaler, jüngerer Mann namens Jardillet. Wie alle anderen Professoren hatte er jedes Semester nur eine Lehrveranstaltung, eine öffentliche Vorlesung pro Woche, und seine war immer die beliebteste. Das grausige, kleine Amphitheater der Faculté des Lettres war stets zum Überlaufen voll, wenn er dozierte. Man sah ihn oft in den schäbigen Cafés der Stadt, wo er mit hitzköpfigen Studenten bei einem Kaffee diskutierte. Seine Vorlesungen hielt er über Politik, insbesondere die Machenschaften von französischen Zeitungen, und ich verfolgte sie begierig. Ich war nicht überrascht, als er die Universität verließ und nach Paris ging, um ein politisches Amt anzunehmen. Ich erinnere mich noch daran, Bilder von ihm in der Pathé-Wochenschau gesehen zu haben, die damals vor jedem Film gezeigt wurde. Da war doch tatsächlich unser Jardillet, der direkt hinter dem französischen Präsidenten zu sehen war, ein Bergwerk im Ruhrgebiet besichtigte oder am Bug eines Schiffes stand, das nach Marokko oder Algerien fuhr. Alle seine Studenten und seine zahlreichen Bewunderer außerhalb der Universität, die meistens zur Arbeiterklasse gehörten, applaudierten und sprachen immer mit großem Stolz von ihm. Sein weiteres Schicksal kenne ich nicht, ich vermute aber, dass er während des Zweiten Weltkriegs in einem Gefangenenlager starb.

In der *faculté* gab es noch andere gute Lehrkräfte, jeder von ihnen auf seine Art, und ich hielt sie und meine guten Leistungen bis zu jenem fürchterlichen Tag für selbstverständlich, als ich dieses *assez bien* in der Zeitung hinter meinem Namen sah und mir bewusst wurde, dass ich den Unterricht nie ernst genommen hatte. Ich war für immer verdammt. Es machte mir später mehr aus als damals, aber es erteilte mir eine Lektion, die ich niemals vergessen habe – dass an Universitäten erworbenes Wissen etwas ist, wofür viele Menschen leben und sterben, und dass ich nie zu jenem Schlag gehören würde. Ich betrachte dies immer noch als eines meiner großen Versäumnisse und ich erinnere mich mit Beschämung an die vielen Studenten, die mich für eine geachtete, reiche Person hielten, wenn sie mich mit meinem Mann in einem warmen Café den täglichen *apéritif* trinken sahen oder mir auf der Straße begegneten, wenn ich aus einem Kino oder sogar aus einem einfachen Restaurant kam … all das war jenseits ihrer Möglichkeiten.

Da gab es beispielsweise einen pausbackigen Jungen aus Warschau, der glattweg eine Einladung von Al und mir zum Kaffee ausschlug, weil er die Einladung nicht erwidern konnte, und als wir ihm versicherten, dass wir keine Gegenleistung erwarteten und so etwas wie Freundschaft erwähnten, zuckte er einfach mit den Schultern und wandte sich auf eine Weise ab, die ich damals für schroff hielt, heute aber verstehe.

Eine Studentin, die ich gern kennen gelernt hätte, kam zu allen kostenfreien Vorlesungen, die es in den Wintermonaten wöchentlich manchmal an fünf Nachmittagen gab und sehr beliebt waren. Sie war Russin und man sah sie immer in Begleitung ihres blinden Vaters, den sie von ihrer Mansarde zur Universität und wieder nach Hause führte. Sie war klein, er war sogar noch kleiner, und sie trugen keine Hüte, dafür aber immer weite, bodenlange Pelzmäntel. Sie redeten nie miteinander oder mit jemandem, der es wagte, sie zu grüßen, und doch waren sie allen vertraut, zumindest den Leuten, die wir in Dijon kannten.

Sie zeichnete unablässig, und als Al einmal sah, dass sie mich während der Vorlesungen zeichnete, ging er am

Ende zu ihr hin und fragte nach den Zeichnungen. Sie redete in gebrochenem Französisch mit ihm und Al erzählte, dass sie sehr höflich gewesen sei und ihm dann einige sehr gute, aber gemeine Karikaturen von mir gezeigt hätte. Er tat so, als fände er Gefallen an ihnen, aber in Wirklichkeit war er von ihrer Grausamkeit bestürzt, und ich glaube, er war froh, als sie sich weigerte, sie ihm zu überlassen, selbst nachdem er ihr Geld angeboten hatte. Danach nickte er ihr immer zu, wenn sie sich auf der Straße begegneten, aber er sprach sie nie wieder an.

Sie fiel mir auf, weil sie mich oft anstarrte, wir redeten allerdings nie miteinander und sie verschwand einige Monate, bevor wir Dijon verließen. Ich erfuhr nach und nach, dass ihr Vater plötzlich eines Nachts gestorben war und dass sie fast zwei Wochen mit dem Leichnam in der Mansarde verbracht und ihn immer wieder gezeichnet hatte. Niemand bemerkte etwas, bis der Körper zu stinken begann; sie wurde in ein Sanatorium gebracht oder in eine Irrenanstalt. Ich wusste noch nicht einmal, wie sie hieß.

Merkwürdig, dass ich mich dennoch an die Namen einiger Studenten am Beaux-Arts erinnere. Antoinette de Torcy gehörte dazu. Sie war etwa mittleren Alters, und wir kannten sie hauptsächlich vom Club Alpin, aber sie tauchte gelegentlich auch beim morgendlichen Unterricht im Beaux-Arts auf, um wie nebenbei einige meisterhafte Aquarelle zu Papier zu bringen. Sie war oft in Begleitung ihrer Freundinnen, den Schwestern Biarnoit – deren Name immer wie Biarnet ausgesprochen wurde –, was für die Angehörigen ihrer Klasse, *la petite noblesse*, viel bedeutete, da es sie vom Rang her höher stellte als die de Torcy im Burgund.

Die jüngere der beiden Schwestern Biarnoit kam fast jeden Morgen zum Aquarellunterricht am Beaux-Arts und wurde vom versnobten Direktor der Schule hofiert; ich lernte sie wie immer über andere Leute kennen, was Monsieur Ollangnier sehr gefiel, da seine Mitgliedschaft im Club Alpin zum Treffen dieser beiden großen Kulturen geführt hatte. Ich glaube, ihm gefielen die vielen Abendeinladungen, die Mademoiselle de Torcy und die beiden Biarnoits uns gegenüber aussprachen, sogar noch mehr als uns. Er genoss es, davon berichtet zu bekommen, und wir genossen es, dorthin zu gehen.

Wir waren Kuriositäten, besonders in jenem ersten Winter, und wir waren bekannte Erscheinungen in den Salons, bis ich das alles nicht mehr länger aushielt; Al war glücklicherweise leicht davon zu überzeugen, dass Filme sein Französisch eher verbesserten als die endlosen Gesellschaftsspiele in den Salons. Wir entzogen uns diesem steifen Milieu auf ganz natürliche Weise zu dem Zeitpunkt, als wir durch den Umzug in die Rue Monge unser gesellschaftliches Ansehen verloren, und obgleich Al weiterhin *L'Action Française* las und darüber mit den jungen Anführern der royalistischen Bewegung in den Cafés diskutierte, wurde mein Leben erfüllter denn je, nachdem ich mich an die wöchentlichen Treffen mit meinen Austauschstudentinnen, an die diversen Ereignisse und Tätigkeiten am Beaux-Arts, an die Vorlesungen und an die Kinobesuche gewöhnte und mich verstärkt in die Niederschrift dreier unterschiedlicher Berichte über das Leben vertiefte, das ich während jener ersten Jahre meines neuen Daseins führte.

Nach Weihnachten tauchten andere Studenten an der Universität von Dijon auf. Die hungrigen Polen mit den wissbegierigen Augen, die während der wärmeren Monate von internationalen Stipendien und von ihrem Stolz in nicht gemeldeten Dachkammern lebten, kehrten nach Warschau zurück. Die wenigen hübschen Engländerinnen, die sich überhaupt die Mühe machten, in eine so biedere Kleinstadt zu kommen, hörten damit auf, die Franzosen mit ihrer frechen Naivität zu verwirren, und verließen die Teesalons und Cafés wieder in Richtung Wiltshire und Devonshire. Die kühlen, hochgewachsenen Schwedinnen rochen Schnee und eilten zu den heimischen Skipisten zurück.

In den Gängen der *faculté* konnte man jetzt anstatt eines Dutzends verschiedener Sprachen nur noch Französisch und eine andere Sprache hören, und zwar Deutsch. Obwohl noch Litauer, Dänen und Tschechen da waren, war die bestimmende Sprache Deutsch.

Die jungen deutschen Frauen sahen sich alle ziemlich ähnlich, plump und ernst. Sie gingen schweigend durch die Straßen, lasen Touristenführer und trugen flache, klobige Schuhe und eine Art Uniform aus schlecht geschneiderten, graubraunen Kostümen.

Die Männer, jedenfalls die meisten, waren jung, hatten rosafarbene Wangen und waren merkwürdig übereifrig. Sie saßen verloren in den Cafés und sprachen selten miteinander, als ob man es ihnen verboten hätte. Die Dijoner Studenten, die sich quasi immer noch im Ersten Weltkrieg befanden, als die *sales boches* die Stadt belagert hatten, waren auf eine höfliche Weise grob zu ihnen. Die Deutschen schienen wie auseinander gejagte, scheue Schafe, die sich danach sehnten, dass jemand sie führt. Nur an der Universität wagten sie es, eine Gruppe zu bilden, und noch vor dem ersten Unterricht im neuen Semester wählten sie einen Preußen zum studentischen Sprecher, wie um zu beweisen, dass sie zumindest hier vereint und stark waren.

Ich hatte mit der Studentenschaft als solcher nicht viel zu tun; mein eigenes Leben mit Al nahm mich so sehr in Anspruch und war überaus erfüllt, dennoch war ich überrascht zu erfahren, dass Klorr unser neuer Sprecher war.

Er war ganz anders als die anderen jungen Deutschen, die den Eindruck machten, als ob sie ihn nicht mochten und fast zu fürchten schienen, obwohl sie ihn gewählt hatten. Er war wahrscheinlich so groß wie sie, etwas an seinem Körperbau ließ ihn aber schmächtig und schwach erscheinen. Sein bräunliches Haar war relativ lang und nicht einfach nach hinten gekämmt, sondern mit Pomade an den Kopf geklatscht; wie ein Engländer bevorzugte er weite Hosen und ein Tweedjacket, nicht wie seine Landsleute die steife, kurze Jacke, die die Hüften und engen Hosen zum Vorschein brachten. Er hatte ein schmales, spöttisches Gesicht, dessen Farbe mit seinem hellen, glatten Haar übereinstimmte.

Ich glaube, er war das rattenähnlichste menschliche Wesen, das ich je gesehen habe; gleichzeitig war er groß gewachsen, wirkte solide und sah intelligent aus ... eine zwiespältige Person. Ich verbannte ihn aus meinen Gedanken als jemanden, den ich nicht kennen lernen wollte und dies wohl auch nie tun würde.

Er fiel mir allerdings auf, weil er und eine junge Frau mich im Unterricht einige Male ablenkten, bevor ich wusste, wer sie war. Es überraschte mich, ihn ausgerechnet mit ihr zu sehen: Sie war eine von der kräftigen, farblosen Sorte und ich glaubte, er sei der Typ, der eine solche Frau zwar schließlich heiraten würde, aber seine Studentenzeit mit einem kleinen, unbeschwerten und aufregenden Mädchen verbringt.

Beim Unterricht saßen sie immer direkt vor mir und ganz eng beieinander, so dass ihr Schenkel sich fest an seinen presste und ihr breites Gesicht seines fast berührte. Sie flüsterten während der ganzen Vorlesungen miteinander. Das ärgerte mich, denn ich fand es schon schwierig genug, dem professoralen Geleiere über die Präposition ›*de*‹ zu folgen, ohne es zudem noch von ihren feuchten, germanischen Zischlauten unterscheiden zu müssen.

Für gewöhnlich lasen sie sich Passagen aus Briefen vor und meistens grinste Klorr seine Begleiterin, die anscheinend das Gelesene zu verteidigen schien, mit kühlem Lächeln an. Am Ende des Unterrichts verließen sie schweigend den Raum, wobei sie sowohl seine als auch ihre eigenen Bücher trug. Oft trug sie ihm auch seinen schweren Mantel hinterher. Ich fand sie so bemerkenswert, dass ich Al von ihnen erzählte. Es kam mir seltsam vor, dass ein so ungleiches Paar so intim miteinander umging, ich war damals einfach sehr naiv, was die vielen Gesichter der Liebe betrifft.

Eines Abends verschlang Madame Ollangnier ihr Essen noch schneller als sonst, schob erst den Teller weg und stieß dann Tango so entschieden von ihrem Schoß, als hätte sie einen großen Entschluss gefasst, und mit ihrem langsamsten, klangvollsten burgundischen Akzent forderte sie Al und mich auf, uns zu entscheiden. Sofort, sagte sie. Hier und jetzt. Ihre Stimme erhob sich, wie die eines Generals. Ihre lange Nase wurde bleich. Ihre schönen, gescheiten, von tiefen Falten umgebenen, aber jungen Augen blickten uns mit einer riesigen Freude über die Komödie an, die sie uns vorspielte.

»Der Zeitpunkt ist gekommen«, sagte sie streng und wir fragten uns etwas benommen, welchen Witz sie uns erzählen und wann sie in einen Lachanfall ausbrechen würde, um uns von ihren Hänseleien zu erlösen. Wir hatten uns inzwischen an sie gewöhnt, aber wir waren immer noch von ihr fasziniert wie die verhätschelten, nervösen Kaninchen eines Zauberkünstlers.

Monsieur Ollangnier bewegte sich unruhig hin und her und schob sich eine Stärkungspille unter sein gewichstes, graues Schnurrbärtchen. »Es reicht«, murmelte er. »Es reicht. Schrei doch bitte nicht so! Meine Nerven heute Abend ...« Sie schlug ihm beiläufig und herzlich auf die Schulter. »Entscheiden Sie sich! Ihr Amerikaner seid alle Träumer! Bleiben Sie hier oder gehen Sie?«

»Wohin gehen? Warum? Wollen Sie, dass wir ausziehen, Madame?« Wir stammelten, wie es ihre Absicht gewesen war, und schreckten verstört vor dem Gedanken zurück, dass wir unser gemütliches kleines Heim unter dem Dach aufgeben müssten.

Sie kreischte auf, entzückt von ihrem Spielchen, dann trocknete sie sich die Augen mit ihrer Serviette und sagte besänftigend, fast liebevoll: »Beruhigen Sie sich! Es geht um die Vermietung der Zimmer. Wir werden morgen einen neuen Gast haben, und wenn Sie hier bleiben wollen, bekommt sie das gute Zimmer neben dem von Jo zur Straße hin. Aber wenn Sie ...«

»Aber natürlich wollen wir bleiben ... so lange wir dürfen.«

»Dann ist ja alles paletti«, sagte sie in ihrem reinsten Gossenfranzösisch und grinste ihren Gatten schadenfroh an. Und wie immer murmelte er höchst affektiert in unsere Richtung, als ob er sich selbst oder jemand anderem beweisen wolle, dass zumindest er ein Mann von Welt, ein Angehöriger der Oberschicht war: »Ganz reizend! Sie sind ja so bezaubernd!«

Madame flüsterte uns am nächsten Tag vor dem Mittagessen zu, dass die neue Untermieterin im Esszimmer sei. Sie sei Tschechin, eine hinreißende Schönheit, die Tochter eines hohen Beamten, absolut sympathisch und geradezu dafür bestimmt, für immer und ewig meine *confidante* zu werden.

Natürlich war es Klorrs Freundin. Sie hieß Maritza Nankova und sie sprach, wenn sie angesprochen wurde, in einem Französisch, das damals etwas besser war als meins. Die erste Zeit verhielt sie sich sehr scheu, ich erkannte aber, dass sie sich einsam fühlte und mich beneidete, weil ich fröhlich, glücklich und verliebt war. Eigentlich interessierte ich mich überhaupt nicht für sie.

Wenn sie nicht an der *faculté* war, verbrachte sie die meiste Zeit allein in ihrem Zimmer. Ab und zu hörten wir spät am Abend das Geräusch ihrer festen Schuhe, die die Treppe hinaufstiegen, und ich schämte mich etwas über mein eigenes erfülltes Leben und dachte daran, ihr einen Besuch abzustatten und mit ihr über ihr Land, ihre Familie und über Kleider zu sprechen … Dinge, über die Frauen sich eben so unterhalten.

Nicht lange nach ihrem Einzug kam es zu einem kleinen Drama in der *ménage* der Ollangniers. Wir konnten nur Vermutungen anstellen. Die hysterische Stimme von Madame war lauter als sonst, und die Nase in ihrem roten Gesicht noch weißer; oft nahmen wir in eisiger Stille unsere Mahlzeiten in dem kleinen, braunen Esszimmer zu uns. Schließlich erschien Maritza eines Tages nicht zum Mittagessen, und als sie durch die kleine Tür auf die Straße trat, war es, als hätte sie den Knoten platzen lassen, alle drei Ollangniers redeten gleichzeitig auf uns ein. Natürlich fühlten wir uns geschmeichelt und ein wenig verwirrt. Selbst Jo fuchtelte erregt mit seinen zierlichen Händen herum und warf sein seidiges Haar mit gezierter Pose nach hinten.

Madame, so erzählten sie alle, war von La Nankova darum gebeten worden, ihrem Freund Klorr am Tisch einen Platz einzuräumen. »Nein, nein und nochmals nein«, tobten die beiden Männer auf ihre kleinmütige Art.

»Aber er wird gut bezahlen«, sagte Madame. »Selbst dreckige *boches* müssen essen.«

»Nicht hier. Nicht mit uns. Wir würden am Essen ersticken«, antworteten die beiden Männer.

»Aber«, sagte sie, »La Nankova behauptet, dass er sehr einflussreich und in Deutschland schon eine wichtige Person ist … und wenn er eines Tages hier erscheint, so wie sie schon so oft hier aufgetaucht sind? Dann«, fuhr sie triumphierend fort, bevor sie sie unterbrechen konnten, »dann werden wir froh sein, dass wir einen Freund in ihm haben.«

Die Ungeheuerlichkeit, der darin enthaltene, grundsätzlich weibliche Realismus, machte uns eine Minute lang sprachlos. Dann verbeugte sich Monsieur mit einer schmeichelhaften kleinen Verbeugung in meine Richtung, drehte mit zwei Fingern an seinem Schnurrbart, um zu beweisen, dass er nicht nur ein Mann, sondern auch ganz der *boulevardier* war, und sagte: »Es ist schlimm genug, meine Liebe, diese zwar gut erzogene, aber plumpe Bauernjungfrau zweimal täglich sehen zu müssen, wie sie im gleichen Raum mit dir und Madame Fisher sitzt. Jetzt noch einen schmachtenden, preußischen Bauernburschen dabei zu haben, ist mehr, als ich ertragen könnte.«

Madame lachte entzückt. »Jungfrau, ja«, stimmte sie schrill zu. »Bauernbursche auf keinen Fall. Klorr ist mehr daran interessiert, eine gute Mahlzeit zu bekommen als Maritzas Möglichkeiten zu erkunden. Sie hat den Charme einer Kartoffel.«

Jo errötete. »Papa hat Recht«, sagte er, und ich dachte, dass er sich endlich, wenn auch recht umständlich, zu einem sexuellen Thema geäußert hätte. Aber dann fuhr er fort: »Mademoiselle Nankova ist langweilig genug. Keine *boches*, bitte, *belle-mère*.«

Madame warf ihm einen fast zärtlichen Blick zu. Er nannte sie üblicherweise Madame. Es war, als ob ein intimeres Wort zu dieser derben, vitalen Frau, die den Platz seiner geliebten, verstorbenen Mutter eingenommen hatte, auch ihn und seinen Vater verriete, und er war unendlich grausam zu ihr, so wie junge Menschen es sein können.

Sie lachte dann wieder und schlug auf den Tisch. »Ich gebe auf«, rief sie. »Ihr seid alle gegen mich ... ja, ihr beiden selbstzufriedenen amerikanischen Turteltauben auch.

Kein *boche*. Wenn wir hungern müssen, dann hungern wir gemeinsam, aber«, und sie sah ihren Mann arglistig an, »wenn Paul geschäftlich auf Reisen ist, kann dieser Klorr hier essen. Mein Magen ist nicht so empfindlich wie manch anderer und vielleicht sieht Klorr nicht so schlecht aus, obwohl er ein Deutscher ist.«

So gewann sie schließlich wieder. Darauf feierten wir zusammen diesen zwiespältigen Sieg mit einem Gläschen *marc*. Es war für uns die bis dahin angenehmste Mahlzeit mit ihnen, weil wir das Gefühl hatten, dass wir nicht mehr die gut erzogenen, solventen Hausgäste waren, sondern wirklich Freunde der Familie. Wir wünschten uns, dass Maritza öfters weg bliebe, am besten für immer.

Der kalte Winter zog sich in die Fastenzeit hinein. War Monsieur unterwegs, kam Klorr gelegentlich zum Essen, und wenn Jo sich dieser Situation aussetzen musste, aß er fast nichts und entschuldigte sich bald vom Tisch. Der Deutsche fühlte es. Er war zu Madame sehr charmant und bis auf sein Lispeln ein unterhaltsamer Gesprächspartner. Er hatte so eine Angewohnheit, sich nach einer Mahlzeit über den Tisch zu beugen, zwischen seinen weißen, knorrigen Fingern Brotkrumen zu kneten und seine schmalen, seltsamen Augen fast hypnotisch auf seine Zuhörer zu richten.

Mir begegnete er mit wenig Aufmerksamkeit und Maritza beachtete er überhaupt nicht, aber er schien sich sehr zu Al hingezogen zu fühlen und zu Jo, wenn er anwesend war. Al traf ihn manchmal in Cafés und erzählte mir, dass Klorr hauptsächlich von der bevorstehenden Wiedergeburt Deutschlands sprach. Klorr sagte, sie würde auf einer uranischen Lebensweise beruhen. Ich schlug unter Uranismus nach. Es schien mit dem überein zu stimmen, was ich bei Klorr beobachtet hatte, zumindest bei seinem Verhalten Maritza gegenüber. Sie sagte in seiner Anwesenheit bei Tisch nie ein Wort, außer wenn er sie persönlich ansprach, worauf sie rot anlief und beinahe zitterte. Ich hielt es für eine absonderliche Liebesgeschichte.

Meine Neugier wuchs und ich beschloss, sie am nächsten oder übernächsten Tag zu besuchen und einmal mit ihr in ihrem Zimmer zu plaudern. Sie sah nie glücklich oder unglücklich aus und wurde nur dann lebhaft, wenn sie sich mit Madame nach einem Essen in eine Orgie von Geistergeschichten hineinsteigerte. Dann errötete Maritzas Gesicht unter der blassen Haut und ihre weit aufgerissenen, faden Augen waren voller Licht und beinahe schön. Sie redete schnell in ihrem tschechischen Singsangakzent, lachte und schlug ihre beiden großen, starken Hände vor ihrer Brust zusammen.

Madame war begeistert und parierte manchmal gekonnt mit einer eigenen Geschichte, manchmal überließ sie Maritza das Terrain mit ihren wunderlichen Dorfgeschichten von bösen Geistern, Zaubermitteln und verschwundenen, dann wie durch ein Wunder wieder gefundenen Katzen, aber auch darüber, was es bedeutete, wenn man drei Mal niesen musste … und ähnlichen Hokuspokus. Maritzas Augen starrten dabei in die dampfige Luft und jagten mir manchmal mit ihrem stummen, abergläubischen Mystizismus fast Angst ein. Sie strahlten dann genau das aus, was ich auch bei einigen Musikstücken von Wagner nie akzeptieren konnte, vielleicht eine Art von religiöser Lüsternheit.

Eines Nachts gingen Al und ich ziemlich spät durch die stillen Straßen nach Hause. Es war gegen Mitternacht oder noch später, wir waren im Kino gewesen und hatten danach im *Café Miroir* einen *café-crème* getrunken und der Musik zugehört, weil wir keine Lust hatten, an die raue, nasskalte Dijoner Luft zu gehen.

Als wir nach Hause kamen, sahen wir, dass bei Maritza die beiden Fenster hell erleuchtet und die Vorhänge nicht zugezogen waren. Das war eigenartig; seit ihrem Einzug waren die Fenster immer dunkel gewesen. Wir bemerkten es beide, beachteten es aber nicht weiter und gingen dann auf Zehenspitzen die Treppe hoch.

Sehr viel später öffnete ich unsere Fenster. Und da sah ich über den tiefen, stillen Innenhof hinweg, dass ihr Fenster zum Hof neben dem dunklen von Jo immer noch hell erleuchtet war und die Vorhänge immer noch offen. Das beunruhigte mich etwas. Ich spähte eine Minute lang hinunter, aber ich konnte nichts sehen. So ging ich wieder ins Bett mit dem Entschluss, am nächsten Tag zu ihr zu gehen ... vielleicht würde sie ja einen Tee mit mir trinken wollen.

Ich schlief, als es an der Tür klopfte. Wir richteten uns kerzengerade wie verschreckte Kinder auf; es war das erste Mal, dass jemand nachts an unserer Tür erschien. Al stieg mühsam aus dem Bett und lief mit nackten Füßen zur Tür, sein Herz pochte wahrscheinlich genauso laut wie meins, da wir geschlafen hatten und noch ganz verwirrt waren. Es war Jo. Er stand in einem violetten Bademantel vor der Tür und vermied sorgfältig den Blick auf das Bett und mich. Er fragte leise: »Ist Madame Fisher da? Ich bitte sie und Monsieur Fisher tausendfach um Entschuldigung ... aber wenn Madame vielleicht kommen könnte ...« Er stammelte und sprach mit gedämpfter Stimme und gesenktem Blick.

»Was stimmt denn nicht?«, fragte Al geradeheraus und nahm seinen Arm. Ich weiß nicht, was er dachte, was geschehen war.

»Es ist Mademoiselle La Nankova. Sie hat immer noch das Licht in ihrem Zimmer an und ich kann sie hören. Aber ich weiß nicht, ob sie lacht oder weint. Es ist sehr leise. Aber es ist schon so spät. Ich mache mir Sorgen. Ich dachte, Madame Fisher als Frau ...«

»Ich komme, Monsieur Jo«, sagte ich, und er verbeugte sich, ohne mich anzusehen. Wir hörten, wie seine leichten Schritte die Zickzackstufen hinunter und hinauf eilten und wie danach seine Tür im Treppenhaus auf der anderen Seite des Hofs fest geschlossen wurde.

Al sah verärgert aus. »Warum fragt er nicht Madame Ollangnier? Ich mag es nicht, wenn man so etwas von dir erwartet. Es ist kalt heute Nacht. Es ist ... es ist eine Zumutung.«

»Du bist nur neidisch«, erwiderte ich, während ich seinen warmen Morgenmantel über meinen Schlafanzug anzog. »Du würdest doch selbst gerne gehen.«

»Um diesen Fleischpudding zu sehen?«, fragte er, und wir mussten beide lachen, während ich mich beeilte; seine Augen blinzelten mich neugierig und schläfrig an, aber auch mit Verdrossenheit und Liebe.

Ich lief schnell und fragte mich, was mit ihr los war. Sie schien ein so einfältiger Mensch zu sein ... wahrscheinlich hatte sie Heimweh oder Krämpfe ... Ich klopfte an die Tür und während ich horchte, hörte ich ein leises Rascheln in Jos Zimmer; ganz dicht daneben hörte er aus sicherer Entfernung an seiner Wand mit. Aus Maritzas Zimmer kam kein einziges Geräusch. Ich klopfte erneut. Schließlich wurde ein Stuhl gerückt und ich vernahm feste Schritte, die ich für die ihren hielt. Aber als die Tür aufgeschlossen und bedächtig geöffnet wurde, stand Klorr vor mir mit einer Serviette vor dem Mund.

Ich weiß nicht, was ich dachte: Unsere Situation machte mich nicht verlegen und ich war eigentlich auch nicht überrascht. Wir blickten uns an und ich sah, dass seine Augen über der Serviette nicht hell waren, wie ich eigentlich gedacht hatte, sondern sehr dunkel. Er tupfte immer noch seine Lippen ab. Im Zimmer hinter ihm hörte ich Maritzas anhaltendes, monotones, leises Stöhnen.

Ich sagte ihm, warum ich gekommen sei, aber er unterbrach mich mit einem gelassenen, höflichen Wortschwall ... es sei so nett von mir, mir Sorgen zu machen ... er wollte mich gerade aufsuchen ... unsere kleine tschechische Freundin schien etwas mitgenommen zu sein ... er sei gerade auf ein paar Minuten vorbeigekommen ... sicher eine Unpässlichkeit, die ich als Frau bestimmt verstünde ... tausendmal Dank, gute Nacht, gute Nacht. Und schon eilte er, mit der Serviette in der Hand, lautlos und wendig wie eine Ratte die Treppe hinunter.

Zögernd betrat ich das Zimmer. Es wurde von einer übergroßen, nackten Glühbirne hell erleuchtet, die mitten über dem ausladenden Bett hing. Ich ging schnell zum Vorhang am Fenster und zog ihn zu wie ein übereifriges, altes Kindermädchen oder eine Mutter, die die Sittsamkeit ihrer Tochter beschützt, denn Maritza lag auf dem Bett, nackt bis auf einige Brotkrumen und Traubenhäutchen auf ihrem Bauch.

Nachdem ich mit dieser instinktiven Handlung die unschickliche Situation verbessert hatte, wandte ich meine

Aufmerksamkeit Maritza zu. Das Bett war wie eine glatte Tischoberfläche mit einem großen, weißen Laken bedeckt, Maritza lag bewegungslos in der Mitte, die Arme neben sich ausgestreckt. Es überraschte mich, wie schön ihr Körper war, so weiß und sauber, mit festen, vollen Brüsten und einem hellen Dreieck aus goldfarbenem Haar, das wie ein Herbstblatt aussah. Da es keine Kissen auf dem Bett gab, war ihr Kopf nach hinten gekippt und ich konnte ihre heftig pochende Halsschlagader sehen. Ihre Augen waren geschlossen und sie atmete immer noch mit einem leisen, sanften Stöhnen.

Ich beugte mich über sie. »Maritza, ich bin es, Madame Fisher.«

Sie antwortete nicht und hielt die Augen geschlossen, aber beim Klang meiner Stimme begann sie mit leichtem Schauder zu zittern, ein Schauder, der über ihren Körper glitt wie eine sterbende Schlange. Ich sprach sie erneut an und als ich einen ihrer schweren Arme ergriff, fiel er schlaff zurück. Dennoch hatte ich das Gefühl, dass sie wusste, was geschah.

Eigentlich war ich nicht verblüfft … in diesem Augenblick schien ich die ganze Sache tatsächlich fast wie etwas Selbstverständliches zu betrachten … dennoch stand ich eine Minute lang da und überlegte, was zu tun sei. Maritzas Gesicht war sehr heiß, der Körper selbst war aber kalt und zitterte weiterhin in Wellen. Ich bedeckte sie deshalb mit einem Mantel aus ihrem *armoire,* nachdem ich die Traubenhäutchen und Brotkrumen weggewischt hatte. Sie lagen nur auf ihrem Bauch, einige wenige Krumen lagen sogar in ihrem Bauchnabel. Ich pustete sie heraus, ohne es komisch zu finden. Ich nahm sie in meine Hand und legte sie auf einen Teller, der auf dem kleinen Tisch stand, bevor mir dann bewusst wurde, wie sonderbar das alles war.

Der Tisch, auf dem eine Leinentischdecke lag, stand neben dem Kamin, auf ihm stand ein Teller voll herrlicher, dunkelrosafarbener Trauben, eine leere Flasche Champagner und ein schönes Glas, sowie ein kleiner, runder Kuchen, von dem ein Stück fehlte. Er sah aus wie die Tische, die ein Butler im zweiten Akt einer altmodischen Schlafzimmerkomödie herrichtet, außer dass es hier nur ein Glas, einen Teller und eine Gabel gab. Ich wusste, dass Klorr hier gegessen hatte, während Maritza nackt auf dem Bett lag und sich seufzend nach ihm verzehrte. Und ich wusste, dass er die leeren Traubenhäutchen auf ihrem willigen Körper abgelegt hatte, ohne sie ein einziges Mal berührt zu haben.

Meine Hände fühlten sich beschmutzt an. Ich ging zu dem *armoire*, um dort nach Alkohol oder Parfüm zu suchen, womit ich sie einreiben könnte, aber auf den sauberen, leeren Regalböden fand ich nichts. Ich eilte so lautlos wie ich konnte zu unseren Zimmern. Al lag im Bett und las, und als er mich milde fragte, was denn los sei, empfand ich ihm und allen Männern gegenüber plötzlich eine fremdartige Feindseligkeit. Mir schien, dass Maritza auf eine schändliche Art behandelt worden war, die nur Frauen widerfahren kann. Es war, als müsste ich sie beschützen, weil wir beide Frauen waren, die sich gegen die Männer zu wehren hatten.

»Nichts ... alles in Ordnung«, sagte ich verärgert. »Sie hat Angstzustände«. »Oh«, sagte Al und widmete sich wieder seinem Buch.

Ich lief mit einer Flasche *eau de Cologne* die Treppe hinunter. Ich wollte Maritza damit einreiben. Ich zog die Tür hinter mir zu und hob behutsam den Mantel von ihrem Körper.

»Ich bin's, Madame Fisher«, sagte ich, weil ihre Augen noch immer geschlossen waren. Mit ruhigen, langsamen Bewegungen rieb ich ihre Arme und ihre Beine von unten nach oben ein, so wie ich einmal vor Jahren in einem schwedischen Bad massiert worden war. Allmählich ließ ihr Wimmern mit jedem Atemzug nach und das unnatürliche Beben hörte fast auf. Auch ihr Gesicht war nicht mehr so heiß.

»Es geht Ihnen jetzt besser, Maritza«, sagte ich immer wieder, während ich ihre weiche, weiße Haut mit dem Parfum einrieb. »Jetzt ist alles in Ordnung.«

Es war, als würde ich ein Tier beruhigen, und es ging auch im gleichen Rhythmus vor sich, so dass ich nicht weiß, wie lange es dauerte, bis ich schließlich bemerkte, dass die Tür leise geöffnet worden war und Klorr mich schweigend beobachtete. Maritzas Augen waren noch geschlossen, aber sie verspürte etwas an meinen Händen, was ich selbst nicht bemerkte, und sie begann erneut, heftig zu beben.

Klorr starrte mich aus tiefschwarzen Augen an und Hass schien aus ihnen wie kleine Blitze heraus zu knistern, gleich einem elektrisch aufgeladenen Fell einer Katze. Ich funkelte ihn böse an. Ich muss zornig ausgesehen haben, denn als ich langsam aufstand und mich ihm näherte, wich er in den Flur neben Jos Tür zurück. Er hatte die Serviette in der Hand und hielt sie mir hin. Ich zog die Tür zu Maritzas Zimmer zu.

»Was wollen Sie?«, fragte ich ihn scharf. Ich konnte meine eigene Stimme hören und nebenbei bewunderte ich meinen Akzent. Ich bin wütend, richtig wütend, dachte ich, und Wut ist für eine gute französische Aussprache sehr nützlich. Klorr lächelte mich halbherzig an und wischte sich wieder den Mund ab.

»Ich bin nur kurz vorbeigekommen«, sagte er zum zweiten Mal in dieser Nacht. »Ich … wie geht es unserer kleinen tschechischen Freundin? Ich weiß Ihre außerordentliche Aufmerksamkeit ihr gegenüber sehr zu schätzen. Wie geht es ihr, wenn ich mir die Frage erlauben darf? Sagen Sie mir, liebe Madame, was passiert ihr?«

Sein Lächeln war jetzt sicherer und er sprach ruhig, aber seine Augen starrten mich verächtlich und höhnisch an. In diesem Augenblick richtete ich mich auf. Es klingt schon komisch, jetzt darüber zu schreiben oder daran zu denken, aber ich richtete mich tatsächlich auf, bis ich viel größer als er zu sein schien. Und ich sagte, sehr deutlich in einem vollkommen hochgestochenen Französisch, wie es niemals außerhalb eines Nationaltheaters geäußert worden war: »Was ihr fehlt? Mademoiselle Nankova, Monsieur Klorr, leidet an einer extremen sexuellen Überreizung!«

Das waren meine Worte, die mir ohne zu überlegen in den Sinn kamen. Ja … sie strömten wahrhaft prachtvoll aus mir heraus. *Une sur-ex-ci-ta-tion se-xu-el-le* … eine mächtige Silbe nach der anderen, bis hin zum finalen ›*le*‹ wie bei einem Zitat von Racine.

Klorr blickte zur Seite. Er verbeugte sich steif und warf mir dann, als ob er die Situation nicht länger ertragen könne, die Serviette zu und rannte wieder geräuschlos die Treppe hinunter.

Als ich in das Zimmer zurückging, lag Maritza wie ein Kind zusammengekauert in der Mitte des Betts und weinte leise in die Hände vor ihrem Gesicht. Ihre Haut war rosafarben und fühlte sich warm an; ich bedeckte sie wieder mit dem Mantel, machte das Licht aus und ging in meine Wohnung zurück. Ich fühlte mich schrecklich erschöpft. Al schlief. Er stellte mir wegen des Vorfalls später keine Fragen und ich erzählte ihm nichts davon.

Am nächsten Tag gab sich Maritza wie immer, schüchtern und langweilig, als ob sie mich nicht kennen würde, und nach ungefähr einer Woche zog sie aus, ohne sich von jemandem zu verabschieden. Madame sagte, dass sie und Klorr, wegen eines recht merkwürdigen Zufalls, über die Osterfeiertage zusammen nach Venedig fahren würden.

»Diese Liebe ist haarsträubend«, bemerkte Madame. »Stellen Sie sich diesen Fleischklops in einer Gondel vor.«

»Ich bin jedenfalls froh darüber«, sagte Monsieur, wobei er zuerst die Augen auf den lieben Gott im Himmel und dann auf mich richtete. »Jetzt können wir unsere gewohnten Plaudereien fortführen, ohne darauf zu warten, dass La Nankova uns folgen kann, und ohne ihrem fragwürdigen, preußischen Bekannten aus dem Weg gehen zu müssen. So bleiben Sie in Übung, um ihre Aussprache zu verbessern.«

Monsieur Jo sah mich an und bevor er seine sanften Augen unter den langen, geschwungenen Wimpern senkte, lächelte er mich verschämt an und murmelte: »Aber Madames Aussprache ist doch manchmal schon ganz ausgezeichnet, Papa.«

Ich brach in Lachen aus und konnte niemandem den Grund dafür nennen. Auch heute noch muss ich lachen, wenn ich wieder an diese Worte denke, trotz der weiblichen Beschämung, die ich empfinde, wenn ich an den Tisch in diesem hell erleuchteten Zimmer zurückdenke und an all die seltsamen Methoden, Hunger zu stillen.

Monsieur Ollangnier widerstrebte es schon immer, zahlende Gäste an seinem Tisch zu haben, aber angesichts des Entzückens, das sie bei seiner geschäftstüchtigen Frau hervorriefen, hatte er wenig zu sagen; Widerstand, wenn auch schwach, leistete er nur im Fall der Deutschen.

Tatsächlich sahen wir ab und zu einige Deutsche am Tisch. Sie blieben nie lange. Paul Ollangnier trug immer den Sieg davon, weil er so widerlich und so aalglatt höflich war – er spielte so überzeugend den zugeknöpften französischen Höfling, dass sich die armen *baby-boches* bald andere Möglichkeiten der Verpflegung suchten. Madame grinste liebevoll, fast stolz und füllte die leeren Stühle bald wieder mit hübschen Rumäninnen oder ausladenden Tschechinnen.

Sie mochte es, wenn wenigstens ein attraktives, aber ungefährliches weibliches Wesen mit am Tisch saß; der selbstgefällige Paul beschäftigte sich dann nicht mit seinen diversen Schmerzen und Wehwehchen, so dass es für sie leichter war, ihr häufig derbes Treiben fortzusetzen. Ich erfüllte diese Rolle bestens ... ich war jung, amüsant und gleichzeitig ungefährlich, da ich so offensichtlich in meinen Mann verliebt war. Monsieur Ollangnier verhielt sich mir gegenüber wirklich charmant und sogar Jo flatterte gelegentlich aus seiner geschlechtslosen Traumwelt heraus, um schüchtern mit mir zu scherzen. Es war gut für mein

Französisch und Madame gefiel es. Das Leben wäre ansonsten die Hölle gewesen.

Ungefähr einmal im Monat erschien ein junger Mann, um am pharmazeutischen Institut Prüfungen abzulegen. Er war umgänglich, ernsthaft und hatte eine hoffnungsvolle Zukunft als Chefchemiker einer pharmazeutischen Firma in Lyon vor sich, wenn er seine Abschlussprüfung gemacht und danach den obligatorischen Wehrdienst absolviert hatte. Er schenkte mir kaum Beachtung, war aber auf eine zurückhaltende Art so sehr an Al interessiert, dass Madame Ollangnier sich einige unhöfliche Bemerkungen nicht verkneifen konnte.

Oft kamen auch junge Rumäninnen zu uns, die sich alle gleich verhielten. Ich erinnere mich besonders an eine junge, hübsche Frau, die zu viel über Geld redete und sehr stolz war, von einem amerikanischen Jungen, der damals in Rumänien verliebt in sie war, Kaugummikauen gelernt zu haben. Sie hatte viele Freunde, die sie mit Geschenken bedachten … und die ihr zweifelsohne auch einige Dinge beibrachten. Wie Madame Ollangnier bemerkte: »Ihre Augen sind so klebrig wie Honig … aber Männer sollten lernen, sich am Morgen davon zu befreien.«

Ihre Freunde, einer nach dem anderen, fanden heraus, dass der Morgen meist zu früh kam, und nachdem Madame einigen von ihnen ein Frühstück serviert hatte, rebellierte sie und sagte, dass sie bis auf das Betreiben eines Bordells fast jeden Beruf ausgeübt hätte und noch nicht hässlich genug war, um jetzt damit zu beginnen.

Einige Male fand sich auch ein japanischer Student ein. Er war ein schweigsamer Mensch und aß sehr langsam, als ob er Wermutkraut oder Asche verzehren würde. Sein

Gesicht hatte immer den gleichen ruhigen Ausdruck eines innerlichen Widerwillens und seine Gestik unterstrich eine zurückhaltende, herablassende und entfernt freundliche Stimme. Er nannte sich Monsieur Moti und ganz ohne Grund war ich mir sicher, dass er log.

Mit der größten Selbstverständlichkeit hatte er das Leben dieser französischen Familie betreten. Madame hatte eines Tages gesagt: »Morgen Mittag haben wir einen neuen *pensionnaire,* einen Japaner.« Monsieur sah mit einem Stirnrunzeln von seinem Teller auf. »Ein Japaner? Aber ich sagte doch, dass ich nicht wünsche, dass du diese Rasse ins Haus holst. Es ist schon schlimm genug, dass man umgeben ist von …« Er wollte sagen: »… deutschen Spionen und reichen Amerikanern«, aber er hielt höflich inne und schaute seine Frau finster an.

»Ja, ich weiß«, sagte sie, »aber dieser junge Mann ist in Ordnung.«

Sie hatte allen Grund, dies mit solcher Zuversicht zu behaupten. Wir sahen sofort, dass unser neuer Gefährte ein Mensch war, der sich selbst vollkommen genügte. In seiner Gesellschaft waren kein Smalltalk, kein ermunterndes Lachen und kein vorgetäuschtes Interesse nötig, um Heimweh und den mit ihm verbundenen Kummer zu verbergen. Die französische Sprache war für ihn etwas, das aufgesogen werden musste, so wie eine Maschine Öl in sich aufnimmt oder ein Säugling die Milch. Er machte sich nicht die Mühe zu reden, er unternahm keine Anstrengung, seinen steifen und monotonen Akzent zu verbessern, mit dem er bei jeder Mahlzeit ein oder zwei höfliche, unverbindliche Bemerkungen machte. (Er besuchte mit Al ab und zu die Cafés und Al war höchst erstaunt, als er feststellte, dass sein Gesäß nie den Sitz eines Stuhls berührte, sondern dank seiner Muskelkontrolle immer einige Zentimeter über dem Sitz schwebte. Es war ein unglaublicher Kraftakt, den er ganz beiläufig beherrschte.)

Und dann war da natürlich Larry, Lawrence Clark Powell, der im Frühjahr 1930 von Paris nach Dijon kam. Es war offensichtlich, dass er aus keinem besonderen Grund nach Dijon kam, höchstens dem, dass er am Occidental College war, als auch ich dort als Studentin ein Jahr verbrachte. Larry war am College eine echte Persönlichkeit und er gab beinahe berufsmäßig das *enfant terrible* auf dem Campus, woraufhin ihm meistens seine hohe Position in seiner studentischen Verbindung abgesprochen wurde oder er sogar vom College flog, weil er betrunken war oder sich überhaupt aufmüpfig benahm.

Natürlich war ich am Occidental Luft für ihn, ich erinnere mich aber, dass mich seine *maîtrise* am Klavier beeindruckte. Er spielte wie ein Engel und machte sich einen Spaß daraus, seine Solo-Adaptionen von Brahms bis hin zu ›Onward Christian Soldiers‹ damit zu beenden, indem er bewusst einen falschen Ton ans Ende setzte und dabei einen frechen Seitenblick ins Publikum warf. Das brachte uns immer zum Lachen. Alle lachten, vom Präsidenten bis zu den Nymphchen unter den Studienanfängern. Als ich mein zweites Studienjahr beendete und vom College abging, um Al zu heiraten, wusste ich mehr über ihn als die meisten anderen Leute, weil er in Faye Shoemaker verliebt war, die wiederum die beste Freundin meiner Schwester Anne war und mit ihr das Zimmer teilte.

Larry machte seinen Abschluss mit gewohnt großem Tamtam und mit einem turbulenten Auftreten, das ihm jegliche Aufmerksamkeit garantierte. Er lebte danach mit Faye in Los Angeles zusammen und arbeitete in der Buchhandlung von Jake Zeitlin. Nach einem Jahr trennten sie sich und er ging mit seiner Mutter nach England, wie ich von meiner Schwester erfuhr. Dann tauchte er plötzlich in Dijon auf, höchstwahrscheinlich wegen der Geschichten, die meine Schwester über mein Leben in dieser sonderbaren Stadt erzählt hatte.

Larry wurde im Zimmer neben dem von Monsieur Jo untergebracht, in dem ich in der Nacht war, als Maritzas sexuelle Orgie stattgefunden hatte, oder was auch immer es gewesen sein mochte, und dies war der Beginn einer wunderbaren Freundschaft, die heute noch zu den besten meines Lebens gehört.

Al und Larry wurden sofort die besten Freunde und meine Gefühle bezüglich dieser Freundschaft waren von Anfang an klar definiert. Ab und zu kauften wir eine Flasche Wein in dem kleinen, spanischen Weingeschäft um die Ecke, um dann zusammen entweder in Larrys Zimmer oder in unsere kleine purpur-lavendel-braunfarbene Wohnung zu gehen. Wir hatten ein altes Grammofon und hörten uns Platten an, redeten über dies und das und tranken eine Flasche 1928er Moulin à Vent, die damals um einen Dollar kostete. Wir hatten viel Spaß, aber ich war das dritte Rad am Wagen, immer beipflichtend, immer aufmerksam und doch heiter.

Einmal, während unserer vielen gemeinsamen Abende, verkündete Larry, dass er lernen würde, ein Schriftsteller zu werden. Ich behauptete sehr entschieden, dass es unmöglich sei, so etwas wie ein richtiger Schriftsteller zu werden, da man als Schriftsteller zur Welt käme und dass man die Schriftstellerei nicht »erlernen« könne, ganz gleich, wie viel Schulung und Geschick man auch darauf verwenden würde. Sowohl Larry als auch Al widersprachen mir heftig und irgendwie auch verächtlich. Al war bereits davon überzeugt, ein Schriftsteller zu sein, was er meiner Ansicht nach tatsächlich war, und Larry wird heute auch von vielen Leuten als solcher betrachtet. Ich gab es bald auf, gegenüber diesen beiden Männern je wieder eine eigene Meinung zu äußern, obwohl ich noch immer dieselbe Meinung vertrete wie an diesem Abend. Soweit ich weiß, kamen wir nie wieder darauf zurück. Wenn wir beisammen waren, aßen, tranken und redeten wir freundschaftlich, dankbar und offen miteinander, aber dieses Thema wurde nicht mehr erwähnt ... Ich glaube, für Larry blieb Al immer ein guter Freund, aber Al konnte wohl eine Beziehung über einen so langen Zeitraum nicht aufrechterhalten. So lange sie jedoch dauerte, war diese Freundschaft wunderbar, besonders in den zwei Jahren, die wir zusammen in Frankreich verbrachten. Unsere Wege kreuzten sich danach noch oft und es war immer ein großes Vergnügen. Das kann man nur von wenigen Freundschaften sagen.

Larry war ein kleiner Mann mit nach vorne gebeugten Schultern, schmalen, weißen Händen und den ausgeprägten knochigen Fingern eines professionellen Pianisten. Über ein Jahr aßen wir zusammen bei den Ollangniers und den Rigoulots, danach zogen wir in die Rue Monge und er und seine Mutter bezogen unsere kleine Wohnung in der Rue du Petit-Potet. Für Larry war seine Mutter sehr wichtig und ich sah sie häufiger als die meisten anderen Leute in Dijon. Sie war so klein wie Larry, mit großen, tief liegenden Augen und den etwas fragilen Umgangsformen einer hochgradig empfindsamen Frau, deren Mann gestorben war und aus ihr eine reiche Witwe mit Aktien und Wertpapieren gemacht hatte, die bald darauf wertlos waren. Sie beschäftigte sich sehr intensiv mit Astrologie und war sehr beunruhigt über das, was sie in Als und meinen Sternen las.

Ihre offensichtliche Bestürzung wurde mir einige Jahre später schmerzhaft bewusst, als ich von Larry erfuhr, dass sie mir einen größeren finanziellen und gesellschaftlichen Erfolg voraussagte als Al. Sie war jedoch der Ansicht, dass ein Mann nicht wissen durfte, dass es seine Frau im Leben weiter bringen würde als er. Das erklärt teilweise ihr seltsames Verhalten mir gegenüber in Dijon, wenn ich mit ihr Tee trank und man von mir erwartete, mich gegenüber einer Frau aus ihrer Gesellschaftsschicht wie eine anständig erzogene junge Amerikanerin zu benehmen. Ich fühlte mich älter, als sie sich je fühlen konnte, und ich fühlte mich unwohl, wenn ich versuchte, meine Rolle zu spielen.

Larrys Freund Harry Ward Ritchie, der den Namen Harry abgelegte, als er in Paris die Buchdruckerkunst studierte, kam oft nach Dijon, um uns zu besuchen, und er wurde bald ein sehr guter Freund von uns beiden. Seine Mutter besuchte Dijon in Begleitung von Larrys Mutter und ich war für immer auf die Rolle der folgsamen, jüngeren Frau festgelegt, die mit zwei älteren Damen herumtrottete, ihren Tee bestellte und höfliche Konversation machte; zuletzt war mir dann Larrys Mutter wesentlich lieber, obwohl ich gleichzeitig feststellen musste, dass die beiden Frauen und ich nichts gemein hatten, und dass meine eigene Mutter in einer ganz anderen Liga spielte.

Wir trafen uns häufiger mit Ward. Einmal besuchte er uns, als er aus Spanien zurückkam. Ein fast unerträglicher Gestank ging von ihm aus, weil er einen Anzug aus vermeintlichem Tweed trug, den er auf Mallorca für vier Dollar gekauft hatte und lange Zeit voller Stolz trug, obwohl wir uns darüber mokierten. Er überlebte sowohl den Anzug als auch die Sticheleien mit der ihm eigenen Gelassenheit, einer Mischung aus scheinbarer Schüchternheit und unempfindlich harter, kalter Gerissenheit.

Unter den anderen gelegentlichen Tischgästen war dann auch noch Miss Lyse, aber sie war ein Sonderfall … sie war keine Studentin. Sie war ein Original und sie war sich dessen sehr bewusst und trug die entsprechenden Erkennungsmerkmale stolz mit sich herum. Sie passte haargenau zu jeder Beschreibung, die je von ihrem Typ niedergeschrieben wurde: eine kleine, stolze Repräsentantin jeder Miss Lyse in allen kleinen und großen Städten der westlichen Welt.

Sie war damals ungefähr achtzig Jahre alt, mit einem kleinen, kegelförmigen Körper, einem stolzen Köpfchen mit dunklen Augen und einer elfenbeinfarbenen Haut, die sie von ihrem portugiesischen Vater geerbt hatte. Ihre Gesichtszüge waren fein und beinahe schön, mit fröhlichen Augen und zart geröteten Wangen; ihr weißes Haar war fast mädchenhaft lockig, doch sie steckte es zu einer altmodischen Pompadour-Frisur hoch, was ihre aristokratische, ziemlich starre Körperhaltung noch betonte.

Sie lebte in Dijon, seit sie ein kleines Mädchen war, und gab dort den Familien der gehobenen Gesellschaft Englischunterricht. Sie war Lehrerin, seitdem ihre militant britische Mutter sie vor etwa sechzig Jahren nach Dijon gebracht hatte. Und sie würde es bis zu ihrem Tod bleiben, trotz ihrer schwindenden Lehrfähigkeit, von nachsichtigen

Familien unterstützt, deren Eltern und Großeltern bereits an ihrem jungfräulichen Knie das Verb *to be* konjugiert hatten.

Sie sprach zwar noch etwas Englisch, aber es waren die einfachen Kinderwörter, mit denen sie zu sprechen gewohnt war, und es war offensichtlich, dass sie sich im Französischen wohler fühlte. Sie sprach es mit einem harten britischen Akzent und trotz all der Jahrzehnte, die sie in den Kinderzimmern und den Salons des Burgund verbracht hatte, klang sie, abgesehen von ihrer Redseligkeit, wie ein Schulmädchen aus London, das einen Monat in Frankreich Ferien macht.

Seit Jahren schon, seit ihre tyrannische Mutter einen letzten Befehl geäußert und die Hände im Sterbegriff um ihr geschliffenes Bernsteinmedaillon geschlossen hatte, schnorrte Miss Lyse Mahlzeiten. Sie tat dies sowohl auf eine charmante wie auch amüsante Art.

Sie kannte Gott und die Welt, ebenso den ganzen Provinzklatsch. Sie besuchte alle Hochzeiten ihrer früheren Schüler, dann auch die Taufen und die Hochzeiten von deren Kindern ... und wenn die Saison flau war und die Schüler sich daran erinnerten, schickten sie Körbe mit Wein, Kuchen und Butter in ihre Dachkammer, als würden sie sich für den Mangel an Festivitäten entschuldigen.

Sie war ein Original, da war man in Dijon einer Meinung. Während der großen Auseinandersetzungen zwischen Kirche und Staat war sie dem Bischof auf den blutigen Stufen von Saint-Jacques gefolgt und dafür gesteinigt worden. Sadi Carnot lag nach einem Mordanschlag sterbend in ihren Armen. Als Kind war sie in Indien gewesen, als ihr Vater dort Botschafter war, und sie wusste, wie man

Schlangen beschwört. So dachte man in Dijon über sie. Auch Monsieur Ollangnier akzeptierte sie. Er, der in vielerlei Hinsicht ein Snob war, glaubte, davon zu profitieren, wenn er ihr ein- oder zweimal im Monat ein Mittagessen spendierte. Miss Lyse sagte seiner snobistischen Natur zu, weil sie alle Mitglieder der höheren Kreise Dijons kannte.

Auch ich war sehr an ihr interessiert; es lag etwas so Unbezwingbares in der Haltung ihres Kopfes und dem schönen Blitzen ihrer sehr alten Augen. Als Al und ich ihr zum ersten Mal begegneten, war sie schon seit mindestens fünfzig Jahren die Miss Lyse. Sie kam jeden zweiten Samstag regelmäßig zum Essen und an diesen Tagen war das Essen immer besser als sonst. Monsieur Ollangnier war ausgewählt höflich zu ihr und er machte uns allen klar, dass man sie immer mit Miss Lyse ansprach, niemals mit ›Miss‹ allein, als ob sie eine gewöhnliche englische Gouvernante oder Nanny wäre. Monsieur Jo küsste ihre Hand mit einer besonderen Eleganz und auch Al war bald von ihr bezaubert.

Es war leicht zu erkennen, dass sie früher sehr hübsch war. Ihr kleiner Kopf mit den dunklen Augen erhob sich über den gedrungenen, alten Körper wie der Traum eines Schwans oder wie ein chinesischer Kristall. Unverständlich schien es daher, warum sie nicht schon vor langer Zeit irgendeinen Mann aus einer aristokratischen Familien geheiratet hatte, bei denen sie lebte; unverständlich aber nur so lange, bis man sie so überaus liebevoll von ihrer vornehmen Tatarenmutter erzählen hörte, die ihr auf ihrem Sterbebett den Schwur abnahm, niemals, *niemals* ihren englischen Akzent aufzugeben. Deswegen war die weiche, flache Stimme dieser alten Jungfer, die mehr als ein halbes

Jahrhundert jeden Tag in den erlesenen Kreisen Burgunds verbracht hatte, so britisch wie ein Rosinenbrötchen.

Sie war geschwätzig, und das mit der peinlich naiven Ausdrucksweise einer betagten Person, die ihr ganzes Leben damit verbracht hatte, Kindern auf einfache Art und Weise etwas zu erklären, das sie vielleicht besser aufgenommen hätten, wären die Erklärungen etwas weniger einfach gewesen. Sie sprach mit einer Lebhaftigkeit, die schon lange nicht mehr affektiert klang und jetzt ein Teil von ihr war wie die Bernsteinbrosche der jungen Königin Victoria oder ihr Spitzentuch, das (auf einer anderen Schulter) von Kaiser Franz Joseph bewundert worden war.

»Einmal, meine Lieben«, erzählte sie uns an einem kühlen Oktobernachmittag, als selbst unter den Fenstersims gelegte Schals nicht verhindern konnten, dass Zugluft in ihre hohe Mansarde drang, »einmal stand ich so nahe neben dem großen Sadi Carnot, dass ich ihn hätte berühren können, wenn ich dazu in der Lage gewesen wäre! Ja, so nahe stand ich bei ihm! Das war der Sommer, als wir in der Nähe von Vézelay zum Landhaus meiner kleiner Schüler gingen – erinnern Sie sich?«

Sie blickte uns vergnügt an und mit einem bejahenden Kopfnicken bestätigten wir die Erinnerung an eine Saison, die bereits etwa vierzig Jahre vor unserer Zeugung vergangen war. Wir schenkten ihr noch ein Glas Sherry ein, den wir mitgebracht hatten, um ihre Knochen zu wärmen, während wir fern von ihr und der Côte d'Or waren. (Und hier ist es vielleicht wichtig zu sagen, dass alle alten Schüler Miss Lyse so behandelten, mit einem gewissen Schuldgefühl, dass sie sie vernachlässigten, wenn sie nicht ihre muffige, gemütliche Dachkammer mit Wein, einem kalten

Huhn oder mindestens mit einer Portion Butter aufsuchten. Ich bin davon überzeugt, dass wir sie mit diesen sporadischen Pflichtbesuchen viele Jahre am Leben erhielten.)

»Ja, das war ein *so* angenehmer Sommer! Die Bäume blühten bereits früh und alle sagten, dass es *niemals* zuvor so viele Waldblumen gegeben hätte. Ich erinnere mich, wie der *Graf* selbst dies eines Morgens auf der Treppe sagte!« Sie errötete sanft und erhob ihre jungen, dunklen Augen über den Rand ihres Glases. »Ich trug immer Blumen im Haar – damals war es schwarz –, natürlich nicht beim Dinner, wenn ich von der Familie zum Essen eingeladen wurde, weil man noch eine Tischdame benötigte. Aber da gab es etwas in diesem Sommer – wann war es, achtundsechzig?« Sie blickte scharf in unsere ausdrucklosen Gesichter, als hätte sie die Berechtigung, uns wegen unserer Unaufmerksamkeit auf die Finger zu klopfen, aber dann lachte sie. »Welche Rolle spielt das schon? Es ist einige Jahre her, nicht wahr? Ein wunderbarer Sommer. Meine liebe Mutter, Gott segne sie, war bei mir in dem kleinen Dorf neben dem *château* – ich war noch nicht lange von England weg und sie kümmerte sich um mich – und eines Tages machten wir ein Picknick im Wald, einen echten englischen Five o'Clock Tea! Es war bezaubernd! Meine Mutter und eine allerliebste junge Russin, die ebenfalls im *château* unterrichtete, und –«

Sie setzte plötzlich ihr Glas ab, kicherte und sah uns durch ihre knorrigen, runzeligen Finger hindurch neckisch an.

»Das dürfen Sie nie, nie weitererzählen!« Einen Augenblick lang blickte sie streng, dann kicherte sie wieder. »Es war sehr gewagt, aber meine liebe Mutter war ja anwesend und Tanja und drei – junge – Herren – vom – *château*! Ja, meine Lieben! Wir waren alle beim Picknick, Tanja und die drei jungen Herren (wie ansehnlich sie doch waren), ich und natürlich meine liebe, gute Mutter, die dafür sorgte, dass alles anständig blieb.«

»Nun«, sagte sie und lehnte sich wieder in ihrem Stuhl zurück, während wir erneut ihr Glas füllten, »wir gingen tief in den Wald hinein und ein Diener trug unseren Picknickkorb. Wir kamen an einen Wasserlauf, ein so zauberhaftes kleines Bächlein war es, von Blumen und Brunnenkresse umsäumt. Meine Mutter setzte sich und während der Diener ein kleines Feuer machte, nahm sie ihre silberne Teekanne hervor, die sie zwölf Mal nach Indien begleitet hatte. Es war eine wunderhübsche Teekanne!

Wir pflückten Brunnenkresse. Einer der jungen Gentlemen – wie war doch gleich sein Name? – machte sich dabei die Handschuhe nass. Es waren hellgelbe Handschuhe von der feinsten Sorte und *sogar aus Paris!*

Dann kochte meine liebe Mama das Wasser aus dem Bach, das perlendste Wasser, das ich je gesehen habe, und als es zu kochen begann, goss sie es über die Teeblätter, worauf wir den Tee tranken. Und, meine Lieben, nie, *nie* hatte ein Tee solch ein Aroma!«

Miss Lyse blickte uns düster an, als wir zuschauten, wie sie langsam ihr Glas an die Lippen führte und dann wieder absetzte.

»Nein, es war ein Tee wie nie ein Tee zuvor – oder seither. Ich habe oft Wasser aus kleinen Bächen heiß gemacht und über den gleichen Tee gegossen, *und* dazu noch in der silbernen Teekanne meiner lieben Mutter, die zwölf Mal nach Indien reiste. Aber dieser Tee, dieser Sommernachmittag bei Vézelay, mit meiner lieben Mama und Tanja und den drei jungen Herren – und die kleinen Blumen und die gelben Handschuhe …«

Miss Lyse schwieg. Sie nippte langsam und ihre Augen blickten tief in die Vergangenheit wie die der Mutter auf Albrecht Dürers Bild.

»Dem Himmel sei Dank«, sagte sie abschließend mit Nachdruck, »dass meine arme, verschiedene Mutter mich beschützte, sonst wäre ich heute nicht, wo ich bin! Dieser Tee, so klar, so prickelnd wie ein feiner, weißer Wein aus Chablis …«

Als die Rigoulots den Ollangniers das Haus in der Rue du Petit-Potet abkauften, übernahmen sie uns ebenso wie auch die ausgestopften Hirschköpfe und die leeren *Souvenir de Verdun*. Wir blieben in unseren kleinen, senf- und purpurfarbenen Zimmern, die inzwischen mit unseren Büchern und Papieren voll gestopft waren, und wir aßen im selben muffigen, schmuddeligen Esszimmer. Und Larry Powell bewohnte im vorderen Teil des Hauses weiterhin das schöne, große Zimmer, in dem Maritza neben Monsieur Jo gewohnt hatte. Unsere neuen Freunde, die Rigoulots, waren so außergewöhnlich freigiebig wie die anderen geizig gewesen waren, und wir kamen hier in den Genuss einiger der üppigsten Mahlzeiten unseres Lebens.

Genau genommen waren die Rigoulots jedoch ziemlich am Ende. Während wir in diesem schäbigen Haus lebten, das scheinbar ein gutes war, weil es in einer guten Straße direkt hinter der Faculté des Lettres stand, wohnten Madame Rigoulots Eltern vornehm im Erdgeschoss eines hübschen, alten Stadthauses in einem schönen Stadtteil von Dijon.

Madame Rigoulot hatte den Ollangniers das Haus vom verbliebenen Rest ihrer Mitgift abgekauft und bemühte sich verzweifelt, das Leben der Familie zusammen zu halten. Allerdings hatte sie absolut keine Ahnung von einem Pensionsbetrieb und Haushaltsführung. Wir lebten mit der Familie auf ihrem Weg in den Untergang und aßen und tranken in dem kleinen Esszimmer unbekümmert weiter.

Wir waren die ersten Untermieter, die die Familie jemals gehabt hatte, und ich bin mir sicher, dass wir jeden Monat viel mehr aßen und tranken, als wir bezahlten. Die Familie befand sich am Rande des finanziellen Ruins, nachdem sie zwanzig Jahre lang von Madames beträchtlicher, nun aber geschwundenen Mitgift, ihrer *dot*, gelebt hatte. Aber selbst wenn wir versucht hätten, ein Stück vom Brandykuchen oder einen Teller Suppe weniger zu essen, hätten die Rigoulots ihren Lebensstil fröhlich weitergeführt und immer noch köstlichere Lammhaxen, den besten Wein und das teuerste Gemüse gekauft.

Madame kochte selbst, unterstützt von einer Reihe tumber, verwaister Küchenhilfen, und selbst in besseren Zeiten, als sie ihren eigenen kleinen Stab von Bediensteten befehligte, hatte sie meiner Ansicht nach wahrscheinlich immer noch einen Fuß in der Küche. Sie war die Tochter des besten *confiseur-pâtissier* im Elsass, eine verwöhnte, eingebildete Tochter, die jedoch, als die Schwäche ihres Mannes für provinzielle Theaterschönheiten die letzten Francs ihrer sagenhaften *dot* aufzehrte, ihre ganze Eleganz aufgab.

Es ist seltsam … oder vielleicht ist es auch normal …, dass ich nicht fortfahren kann, wie ich es geplant hatte. Ich wollte eigentlich darüber schreiben, was ich dort lernte, meine Einführung in die Welt des guten Geschmacks bei den Rigoulots … und selbst wenn ich es mir anders gewünscht hätte, hätte zumindest ein Teil dieser Entwicklung stattgefunden, da ich Menschen nahe stand, die sich mit Aromen auskannten wie Amerikaner mit Baseballbegriffen, ob sie nun zwölf Jahre alt waren wie die Tochter Doudouce oder fünfundsiebzig wie Großvater Papazi.

Aber wenn ich jetzt an die erhitzten, streitlustigen und fröhlichen Mahlzeiten denke, das Sonntagsessen in der eleganten *salle à manger* und bald danach das üppige Abendessen, wenn Papazi seinen triumphalen Kuchen herstellte, groß wie ein Wagenrad, auf dem die Apfelschnitze Seite an Seite in Windungen und Spiralen lagen; die zahllosen Geburts- und Namenstage und die Tage der Heiligen mit all dem Champagner und den getrüffelten Gänsen; die gewöhnlichen Abendessen unter der Woche, die nach dem schweren Mahl am Mittag *leicht* waren, wenn *soufflés* beim ersten Anstich lustvoll seufzten und kalter Braten, Salate und gekühlte Früchte in Wein und Sahne auf uns warteten ... nein, wenn ich an all das zurückdenke, sehe ich die Menschen vor mir. Sie erstaunen mich heute ebenso sehr wie damals und ich wünsche von ganzem Herzen, dass sie jetzt jenseits von Hunger sein mögen. Sie waren so unbedacht, so großzügig, so dumm.

Monsieur und Madame Emile Bonamour, oder Papazi und Mamazi, die Großeltern, wohnten in einem bezaubernden Haus mit Kastanienbäumen im Innenhof und dünnbeinigen, goldenen Stühlen im abgedunkelten Salon. Ihre Herzen waren noch immer im Elsass bei den strahlend schönen Tagen des Wohlstands, als Papazi und seine Schokoladen- und Hochzeitstorten überall bekannt waren.

Mamazi, eine kleine, leicht reizbare Frau mit einer Perücke, trauerte immer noch um ihren Sohn, der im Ersten Weltkrieg gefallen war. Sie schwankte wegen der zahlreichen Herzmittel wie ein Hochseeschiff und starb kurz nachdem ich sie das letzte Mal sah. Papazi verkehrte wie ein König im Exil mit den besseren Dijoner *confiseurs*, hörte Beethovenkonzerte auf seinem TSF-Radio und verblüffte seine Enkelkinder bei den sonntäglichen Abendessen mit einem raffinierten Meisterwerk. Er war trotz seines pompösen Auftretens ein lebenslustiger, alter Mann.

Im Frühling des zweiten Jahres bei den Rigoulots wurden wir dank Papazi auf raffinierte Art in eine Schneckeneuphorie versetzt. Sobald die ersten Knospen an den kahlen Ästen auftauchten, spekulierte er über den besten Zeitpunkt für die jährliche Schneckenjagd.

Die Wochen verstrichen, Blätter erblühten plötzlich an allen Bäumen und Papazi brachte kleine Zweige an den Tisch und rieb sie zwischen seinen geschickten Fingern.

»Ziemlich knackig«, bemerkte er grüblerisch. »Ja, ich glaube, nein, ich bin mir sogar fast sicher, dass die Schnecken dieses Jahr besser, süßer, fetter und wahrlich köstlicher denn je sein werden.«

Er blickte auf seine entzückten Zuhörer. Die Kinder waren außer sich.

»Wann können wir gehen, Papazi? Wie wäre es nächsten Sonntag? Und warum nicht morgen? Wird es genug Schnecken geben?«

»Beruhigt euch, meine Lieben! Diese Aufregung wird euch nur den Geschmack der köstlichen *quenelles* eurer Mutter verderben!«

Plume und Doudouce sackten wie angestochenes Backwerk in sich zusammen und Dédé schmatzte bei jedem neuen Bissen lauter mit den Lippen, um seiner erwachsenen Wertschätzung Ausdruck zu geben. Papazi aß schweigend eine Minute.

»Nein, nicht am nächsten Sonntag«, sagte er schließlich, »aber vielleicht den Sonntag danach.« »Das heißt«, fügte er schnell hinzu, bevor die Kinder lautstark ihre Freude äußern konnten, »*wenn* die Schnecken gut genug genährt sind und *wenn* es dieses Jahr nicht zu viel schädliches Unkraut gibt, was ihnen schadet! Und wenn wir sie eingesammelt haben, kann natürlich immer noch etwas geschehen, das sie verdirbt. Die Zubereitung von Schnecken ist eine langwierige und schwierige Angelegenheit!«

Das erste Mal, als ich Papazi so reden hörte, war ich dumm genug, um zu fragen: »Warum kauft man sie denn dann nicht einfach, damit man sie gleich essen kann?«

Ein erschüttertes Schweigen folgte. Die Kinder starrten mich an. Papazi lief rosafarben an und machte ein vorwurfsvolles Gesicht. Schließlich wies mich seine Tochter sehr behutsam zurecht:

»Aber Madame! Niemand kann Schnecken so zubereiten wie Papazi! Die Schnecken aus dem Geschäft sind gut, natürlich – aber wie mein Vater sie macht, das ist eine Kunst!«

Ich verhielt mich nie wieder so gedankenlos und wir waren froh, als die Zeit der Schneckenjagd gekommen war, die, wie wir hofften, den täglichen Spekulationen ein Ende setzen würde.

Bei Einbruch der Dunkelheit kehrten wir aus den Wäldern zurück und den meisten Schnecken war die Flucht aus unseren Beuteln nicht gelungen. Es war ein erfolgreicher Tag gewesen. Am nächsten Morgen bemerkten wir im Hof eine große Packkiste. Sie war mit einer dünnen Glasplatte bedeckt und an dem Glas klebten die Unterseiten von scheinbar tausend Schnecken, die sich so daran erwärmten. Am Abend war die Kiste immer noch da, ebenso am nächsten Tag.

»Sie müssen sich selbst reinigen«, erklärte Papazi. »Sie müssen die ganze giftige Nahrung loswerden. Sie müssen sich zu Tode hungern!«

»Wie lange wird es denn dauern?«

»Einige Tage, vielleicht eine Woche. Das sind ganz robuste Schnecken.«

Das waren sie tatsächlich. Ein oder zwei Tage lang hingen sie mit ihrer Unterseite am Glas. Dann begannen sie herunterzufallen. Die Nächte wurden durch das Plumpsen der Schnecken bestimmt, die ohnmächtig wurden. Wir schliefen schlecht und hatten Mitleid mit ihnen und dennoch warteten wir darauf, dass der Hungertaumel eine nach der anderen erledigen würde. Jeden Morgen zählten wir die Überlebenden und hofften, dass sie ihren Halt noch vor der Nacht verlören, damit wir schlafen konnten.

Schließlich begann Papazi mit seinem Werk, das ich nur zum Teil verfolgte. Er kochte sie, damit sich die ausgemergelten, kleinen Kreaturen aus ihren Häusern lösten. Weitere Arbeitsvorgänge waren notwendig, um ihre weniger leckeren Teile zu entfernen. Die Häuser wurden mit kleinen, gebogenen Bürsten, die speziell dafür in Paris hergestellt wurden, unaufhörlich abgerieben. Dann wurden die Kadaver wieder in ihre Särge gelegt und Papazi und Madame Rigoulot unternahmen einen Sonderausflug zum Markt, um Petersilie, Knoblauch und süße Butter zu kaufen.

Die letzte Szene, die ich durch die Esszimmertür erspähte: Plume und Doudouce, beide über einen Tisch gebeugt, wie sie jedes umgedrehte Schneckenhaus mit der heißen Sauce füllten. Ihre Hände zitterten leicht und Plume hing begierig die Zunge aus dem Mund.

Und als wir sie schließlich auf unseren kleinen, gebogenen Gabeln zu uns nahmen, *les escargots d'or*, zischend heiß und von delikater Schärfe, war es klar, dass ›Ladenschnecken‹ nur für jene Unglücklichen bestimmt waren, die nicht mit Papazi zusammenlebten – oder für jene Narren, die nicht über die Geduld verfügten, um auf sein zur Perfektion gebrachtes Werk zu warten.

Die besten Tage bei den Rigoulots waren die Sonntage. Dann machte Papazi, angetan mit einer Schürze über seiner Nadelstreifenhose und mit seinem Käppchen, das jetzt etwas kecker als sonst auf seinem glatten, rosafarbenen Kopf saß, für seine Enkelkinder einen Nachtisch. An Festtagen und an den zahllosen Geburtstagen arbeitete er allein in der Küche. Mal kreierte er eine *diplomate au kirsch*, mal eine *bombe Nesselrode* oder ein Dutzend *coupes Dame Blanche*.

Er arbeitete in einem Zustand kontrollierter Raserei, wenn es denn so etwas gibt: Während wir ihn schweigend und verstohlen durch das eine trübe Fenster zum Hof verstohlen beobachteten, vibrierte sein Schnurrbart wie ein schmaler, bleicher Halbmond über seinen zusammengepressten Lippen, und seine kleinen, dicken Hände flogen wirbelnd und kalkuliert zwischen den Schüsseln, den Flaschen und den Töpfen hin und her. Es wäre eine Unverschämtheit sondergleichen gewesen, ihn jetzt zu unterbrechen. Er war unberührbar, ein Gott *en cuisine*.

Sonntage waren anders. Sie waren lustiger. Nur an diesem heiligen Tag konnten wir uns ihm nähern, immer mit Respekt, aber auch mit herzlicher Neugier. Er öffnete die himmlischen Türen und erlaubte uns für eine kurze Zeit nach dem Kirchgang zuzuschauen, während er, wie er betonte, etwas absolut Einfaches zubereitete – etwas, dass wir eines Tages vielleicht sogar nachmachen könnten.

Seit fünfzig Jahren war Papazi im Elsass ein Lutheraner gewesen, nicht so sehr aus Überzeugung als aus der melodramatischen Hoffnung heraus, dass er eines Tages für seinen ›Glauben‹ kämpfen müsse oder gesteinigt würde. Jetzt spazierte er aufrecht und mit einem Strahlen auf dem alten, runden Gesicht durch die Straßen von Dijon und ich bin mir sicher, dass er durchaus für eine kleine katholische Verfolgung betete. Aber natürlich wurde er stets nur mit einem höchst respektvollen Kopfnicken von den anderen Konditoren und Süßigkeitenherstellern im Ruhestand und ihren Frauen gegrüßt, aber wenn er dann nach Hause kam und die Sonntagsschürze über seine Nadelstreifenhose zog, befand er sich in einem Zustand quasireligiöser Entrückung.

»Ha«, murmelte er zum Klang der aus Berlin übertragenen Symphonie. »Ha! Wir Protestanten sind hier eine kleine Sekte. Das muss ich zugeben. Klein, aber stark! Wir können kämpfen, wenn man uns provoziert! Getrennte Friedhöfe! Ha!«

Plume, Doudouce und ich wie auch der älteste Bruder Dédé und seine Zimmerkameraden, die manchmal von der Offiziersschule Saint-Cyr zu Besuch kamen, drängten uns voller Ehrfurcht in den dunklen Ecken des Zimmers zusammen und sahen Papazi zu, der mit seinen starken Zähnen knirschte (Zähne, die fast achtzig Jahre lang ohne Unterbrechung im süßen Sirup seiner eigenen kulinarischen Erfindungen gelebt hatten!), während er das berühmte Sonntagsdessert herstellte.

Es war fast immer ein Kuchen. Wenn die Symphonien zu gut waren und er ihnen seine ganze Aufmerksamkeit schenkte, wartete er manchmal eine Stunde bis vor dem Abendessen und machte dann Kleinigkeiten, die schnell gingen, etwa Beignets. Die Füllung bestand entweder aus Äpfeln, Kirschen oder Käse. Er häufte sie wie kleine, dunkle Luftgebilde auf der großen Servierplatte in der Mitte des Esstisches auf und wir verzehrten etwa einhundert davon und schliefen die ganze Nacht hindurch tief und sanft.

Wir bevorzugten es allerdings, wenn er zu arbeiten anfing, sobald Radio Berlin oder Prag mit ihrem Programm begannen. Das war etwa am späten Nachmittag. Die Musik schwoll an und donnerte durch das muffige Esszimmer bis in die armselige, beengte, dunkle Küche hinein und Papazis Nase unter dem Käppchen leuchtete fröhlich im Schein der einzigen, von der Decke baumelnden Glühbirne und seine kleinen Hände stürzten sich auf die Zubereitung seiner *tarte*.

Es war immer ein und derselbe Kuchen. Er sah immer genauso aus wie sein Vorgänger und er schmeckte immer genau nach dem, was er war: der allerköstlichste Kuchen in einem Land, das berühmt für seine Kuchen ist.

Papazi stellte zuerst den Teig her, mit einer Nonchalance, die ich sonst nur bei Bea beobachtet habe, einer schwarzen Köchin, die mindestens drei Mal die Woche Mehl und Backfett in einer Schüssel mischte und die leichtesten, zartesten Kekse aus dem Ofen zog, die jemals gebacken oder verspeist wurden. Beiden, dem alten, dicken *confiseur* in Dijon und der jungen, wendigen und lachenden Frau in Kalifornien, war die gleiche lässige, fast unbewusste Konzentration eigen.

Papazi unterhielt sich mit uns, während er mischte, ausrollte und dann den dünnen Teigboden flugs auf das große flache Backblech beförderte, das er aus dem Elsass mitgebracht hatte. Es war die handelsübliche französische Form mit senkrechten, niedrigen Seiten und einem Durchmesser von etwas mehr als einem halben Meter. Er drehte sie schnell auf seiner Hand und riss den überhängenden Teig ab. Im Winter stellte er dann das Blech schnell zum Kühlen auf den Fenstersims, im Sommer gab er es Doudouce, die damit stolz in den Weinkeller eilte.

Danach schälte er zusammen mit Plume, wenn sein lausbübischer Enkel in dieser Woche nicht zu viele Faxen im *lycée* gemacht hatte, Äpfel aus der Normandie, schnitt sie anschließend in dünne, gleichmäßige Halbmonde und kippte sie dann in eine Schüssel mit Weißwein, damit sie ihre Farbe behielten und knackig blieben. Wenn nur noch zwei Äpfel übrig waren und Papazi befand, dass Plume sie allein handhaben konnte, sprang er auf, summte und tanzte zur Musik aus dem Radio und rührte Eier, Sahne und Muskatnuss zu einer Creme zusammen. Mit einer seiner zahllosen Pinsel verteilte er auf dem gekühlten Teig Eiweiß und goss die Sauce darüber, die das flache Blech bis knapp zur Hälfte füllte.

Schneller als wir es verfolgen konnten, nahm er die Apfelscheiben eine nach der anderen aus der Schüssel, schüttelte den Wein ab und dekorierte sie von außen nach innen in einer großen Spirale, die so vollkommen war wie ein Schneckenhaus. Wir sagten kein Wort. Die Musik bebte im Raum. Das Licht flackerte. Papazi schob die dünnen Fruchtscheiben wie ein Zauberer oder ein kleiner Gott hin und her, sie schienen ihm geradezu aus der Hand und auf ihren rechtmäßigen Platz zu fallen. Er machte dies so mühelos wie eine Spinne, die ihr Netz webt.

Dann überzog er den Kuchen mit einer dünnen Schicht Aprikosenglasur, schüttelte ihn leicht und schob ihn in den Ofen. Einen Augenblick lang stand er vor dem Ofen, schaute auf die geschlossene Klappe und lachte traurig wie jedes irdische oder himmlische Wesen nach dem finalen Schöpfungsakt. Jetzt rührten wir uns in unseren dunklen Ecken und zum ersten Mal seit der Kuchenherstellung sah er uns direkt an.

»Seht ihr?«, sagte er. »Es ist DER Kuchen, das einfachste Beispiel der *pâtisserie*. Ich gebe zu, es ist auch der komplizierteste. Es erfordert Jahre des vorsichtigen Umgangs, wie zum Beispiel, der einzige Protestant in einem Nest von Papisten zu sein! Dazu muss man schlau sein.« Dann riss er sich die Schürze vom Leib, schüttelte sie aus und zog seinen Frack über. Wir folgten ihm schweigend ins Esszimmer, hörten das Ende der Sendung von Radio Berlin und warteten darauf, dass der Kuchen für unser Sonntagsessen gebacken war.

Am Sonntagmittag waren die Essen in diesem duftenden, dunklen, altersschwachen Haus gewaltig, geradezu gargantuesk. Wir wechselten von dem kleinen Esszimmer in den großen Raum, der nur für die Sonntage reserviert war, den Salon, in dem Madame Bitsch während unseres ersten Jahres gelebt hatte. Die Stühle waren breiter und weich wie Leder und auf dem Tisch lag eine saubere, weiße Decke. Rot- und Weißwein stand in Karaffen an jedem Tischende … dann normalerweise noch ein oder zwei Flaschen auf der Anrichte und ein Liter von Papazis unetikettiertem *kirsch d'Alsace* oder *rhum Martinique*, die ihm vor fünfzig, sechzig, siebzig Jahren zugeschickt worden waren …

Sobald wir uns einigermaßen von jenen Mittagessen erholt hatten, schlichen Al und ich uns heimlich davon, um später auf ein paar Austern ins *Crespin* zu gehen oder in ein anderes Lokal, wo wir lediglich einen Salat und ein Stück Brot bestellten.

Manchmal sah Monsieur Rigoulot uns auf seinem Nachhauseweg, nachdem er den Nachmittag mit Glücksspiel in einem Café verbracht hatte oder anderen, noch aktiveren Verlustierungen nachgegangen war. Madame stellte uns dann mit geröteten Augen am Montagmorgen zur Rede, aber es war unmöglich, ihr zu erklären, dass wir einfach für einige Stunden nichts essen konnten; solche Leute kannte sie nicht.

Sie selbst war einer der sinnlichsten Menschen, die ich kenne. Körperlich war sie überhaupt nicht attraktiv. Sie vernachlässigte ihre Erscheinung vor allem deswegen, weil sie jedes Gramm ihrer Zeit und Energie darauf verschwendete, uns zu ernähren. Sie war schmuddelig, schwitzte und müffelte oft. Noch unangenehmer allerdings war die Tatsache, dass sie unnötigerweise schrecklich kränkelte. Jeden Monat litt sie unter heftigen Schmerzattacken, die in meinen ungeschulten Augen einfach nach einer Gallenkolik aussahen.

Dieser monatliche Umschwung von einer Stunde zur anderen ähnelte fast einer Jekyll-und-Hyde-Verwandlung. In meinen ungeduldigen jungen Augen sandte sie kleine Wellen der Verzweiflung und Schweißgeruch aus und dann, wie ein Bombenblitz, war sie *in diesem Zustand*, steigerte sich in ihn wie in einen Strudel hinein, voller Schmerz, gemeinem Ausgeliefertsein und vollkommen unberührbar. Ja, es war eine biblische Qual, durch die wir alle hindurch mussten, aber besonders meine übergewichtige, reizbare, erschöpfte und vor allem von Sorgen geplagte Freundin. Drei oder vier Tage lang taumelte sie zwischen Ofen und Tisch hin und her, kochte und aß mit der gleichen konzentrieren Inbrunst wie gewohnt, während der Druck wütend auf ihren Augen lastete und ihr Gesicht ganz grau war.

Sie schob diese *crises de nerfs névralgiques*, wie sie es immer nannte, zum Teil auf ihre unglückliche Ehe und verbrachte einen guten Teil der Zeit damit, ihre einzige Tochter davon zu überzeugen, dass das Kloster eine bessere Wahl als die Ehe sei. Obwohl sie mir manchmal auf die Nerven ging, wenn ich sie mit ungebrochenem Appetit ihre eigenen kalorienreichen Suppen, Kuchen und Füllungen verspeisen sah, wusste ich, dass sie höllisch litt, und ich wünschte mir sehr, ihr helfen zu können.

Obwohl sich ihr Leben seit dem einstmals verwöhnten und verschwenderischen Wohlstand grausam verändert hatte, war sie immer noch ein schrecklicher Snob. Sie putzte und erledigte jeden Morgen die Markteinkäufe, um später ihr einziges gutes, schwarzes Kleid anzuziehen und ein Konzert zu besuchen, bei dem sie die steife Haltung einnahm, die ihr in einer Schule in Deutschland beigebracht worden war, und sie lauschte einer Musik, die ihre armen, müden Ohren nicht mehr hören konnten. Irgendwie schaffte sie es, dass ihre Kinder die richtigen Klavierlehrer hatten und die besten Schulen besuchten, aber nicht, weil sie ihnen eine gute Erziehung zukommen lassen wollte, sondern weil sie dadurch ihren Stolz im Angesicht ihres eigenen, anhaltenden sozialen Abstiegs bewahrte und weil sie wusste, dass sie etwas Besseres war als jede andere der plumpen Matronen, die jetzt die Position einnahmen, die sie selbst früher als ihr gutes Recht angesehen hatte.

Sie war eine dumme und verärgerte Frau, und obwohl ich sie körperlich nicht mochte, entwickelte ich für sie eine tiefe Zuneigung und sogar Bewunderung. Viele Jahre lang schrieben wir uns lange und herzliche Briefe, und die wenigen Male, die ich nach Dijon zurückkehrte, fielen wir uns in die Arme ... und einige Minuten später regte ich mich über sie auf und war auf ihre Dummheit, ihre irrsinnigen Selbsttäuschungen wütend, und ihr ganzer Mut, ihre loyale, blinde Liebe waren vergessen, bis ich wieder weit weg von ihr war ...

Lange nach dem Zweiten Weltkrieg erhielt ich einen Brief von ihr. Mehr als zehn Jahre waren vergangen, die mir wie hundert vorkamen, und ich ahnte, dass das, was ihr seit unserem letzten Austausch überschwänglicher Freundschaftlichkeit widerfahren war, auch ihr diese Zeit wie hundert Jahre schienen ließ.

Ich wusste, dass sie bei der ersten Invasion geflohen war. Von da an versuchte ich drei Jahre lang vergeblich, sie über das Rote Kreuz zu erreichen. Ich liebte sie und war besorgt. Die ganze Zeit, bis ihr Brief kam – seit unserem letzten, angespannten ›Fünf-Uhr-Tee‹ in einem schäbigen, nach Ratten riechenden Stadthaus des fünfzehnten Jahrhunderts –, hatte sie mir schwer auf dem Herzen gelegen.

Während des Zweiten Weltkriegs berichtete Janet Flanner, alias Genêt, in *The New Yorker* ganz sachlich von einem Rezept für geschmorte Meerschweinchen, das ihr gerade von einem guten Koch in der Provinz zugeschickt worden war. Ich sah meine liebe Freundin: füllig, fast blind wegen ihrer starken Kurzsichtigkeit, mit einst hübschen Locken, die nun über sackartige Wangen herabhingen, die einmal schön und begehrt waren; ich sah, wie sie das kleine

Nagetier tötete, es ausnahm und kunstvoll mit den letzten Tropfen einer gehorteten Flasche Wein zubereitete, und ich sah, wie sie es mit gerötetem Gesicht und glücklich irgendjemandem servierte, der zu schätzten wusste, was sie für diesen Augenblick geleistet hatte.

Ihr Brief bewegte mich auf eine fast schockierende Art. Er war banal, wie konnte es auch anders sein? Hatten wir jemals etwas anderes als einen oberflächlichen Umgang miteinander gehabt? Hatten sie und ich jemals die sensiblen Fühler berührt, die Ranken, die Antennen dessen, wozu jeder Mensch zu sein verurteilt ist, ein Farnblatt, eine Weinpflanze, ein träges Geschöpf des Meeres?

Ja. Ja, sagte ich leidenschaftlich, das war oft geschehen. Sicher musste sie meine quälende Schüchternheit verstanden haben, da ich eine junge Braut war und sie die Mutter von drei großen Kindern und eine verzagte Ehefrau. Sie musste gewusst haben, wie tief ich oft ihre Erschöpfung verspürte, ihre Treue als Gattin und vor allem ihre Mutterschaft, während ich keines dieser Dinge hatte und nichts weiter war als eine über beide Ohren verliebte Person. Ich ging immer über den Hof an der Küche vorbei, schlank, frisch und offenkundig unerfahren, und ich grüßte sie fröhlich und freute mich über ihr Lächeln und die Geste, mit der sie ihre verschwitzten Locken aus der Stirn schob. Nie habe ich mich an ihrer Stelle über den Töpfen und den Auflaufformen gesehen, da ich noch zu jung war.

Heute weiß ich, was sie manchmal gefühlt haben muss, wenn sie durch die Dämpfe in mein unbekümmertes Gesicht blickte und dann später ermüdet hinter der Terrine saß und die feinsten Brühen und die raffiniertesten Saucen austeilte, die ich je gegessen habe. Jetzt erkenne ich den

Spott, den sie so anständig für sich behielt, als sie mir einmal anbot, mir beizubringen, was sie über das Kochen wusste, und ich ihr dankte und Nein sagte. Mein Gott, wie konnte ich denn nur so dumm gewesen sein? Ich bin noch heute erschrocken, wenn ich daran denke, wie ich in dem stickigen, kleinen und zugestellten Raum saß und ihr eine Absage erteilte. Und dann ihr gütiges, akzeptierendes Lächeln, ihr ungebrochenes Wohlwollen mir gegenüber, diesem großen, unfähigen, angelsächsischen Rüpel, der ich damals war.

Es war in vielerlei Hinsicht dumm von mir, ihr Angebot nicht anzunehmen. Aber ich wusste, dass sie mich verrückt machen und meine sorgfältig anerzogene Zurückhaltung und Selbstkontrolle zerschlagen würde, so dass ich sie vielleicht angeschrieen oder mit einem Kochlöffel geschlagen hätte. Stattdessen sagte ich, dass die Arbeit für die Universität meine ganze Zeit beanspruche.

Sie war die beste nicht ausgebildete Köchin, die mir in meinem Leben begegnet ist, und obwohl ich ihr Angebot hochnäsig ausschlug, lernte ich sehr viel von ihr in einer unbewussten und vielleicht deshalb doppelt wirksamen Osmose. Ich saugte alles einfach in mich auf.

Wir redeten viel über die Ehe. Ich war an ihrer interessiert, da es nach fast zwanzig Jahren so offensichtlich eine schlechte war. Sie gestand es selbst ein und auf hinterlistige Art war es ihr wunderbar gelungen, dass die drei Kinder ihren Vater wegen des geschundenen Zustands ihrer Mutter hassten. Sie war dank ihrer Mitgift mit einem jungen, viel versprechenden Automobilkonstrukteur verheiratet worden und hatte dann den Rest ihres Lebens damit verbracht, ihm zuzuschauen, wie er lachend und zwinkernd das ganze Geld durchbrachte und sich uninteressiert durch einhundert Jobs schlug, bis er schließlich Garagenmechaniker war und sie selbst eine völlig mittellose Haushaltssklavin. Dennoch glaubte sie leidenschaftlich daran, dass die traditionelle französische Ehe das einzig erfolgreiche Modell sei. Ich meinerseits befürwortete mit Inbrunst die amerikanische Variante, die junge Menschen, die voneinander angezogen sind, dazu ermutigt, zu heiraten, selbst wenn ein elterlicher oder finanzieller Segen völlig fehlt.

Madame und ich ließen uns im gleichen Jahr scheiden und tauschten zu diesem Thema einige jammervolle Briefe aus. Ihre waren von einem gewissen Mut erfüllt, den ich wahrscheinlich nie haben werde, und vom Verstand einer vielleicht Zehn- oder Elfjährigen.

Monsieur Rigoulot war unfähig, sich dem Leben zu stellen, also machte er sich mit seinem Schnurrbart, dem breiten, roten Gesicht und seiner Geliebten davon und wurde ein Wilddieb. Madame legte Witwenkleidung an und eine bedrückende Bitterkeit. Sie war nun eine geschiedene Frau, was in der Kirche eine furchtbare Sache war. Daher verließ sie Dijon, wo sie so elendig gegen die Armut und das Mitleid der Stadt gekämpft hatte, und zog mit Papazi und den beiden jüngeren Kindern in die Nähe ihres geliebten Elsass. Dann wurde sie evakuiert …

Monsieur Rigoulot war ein ungehobelter, gutherziger Mensch, der in den USA sicher ein Mitglied der American Legion oder eines örtlichen Klubs wäre oder wo auch immer es lustig zugeht. In Dijon lebte er hauptsächlich in den Cafés, spielte Karten und redete über die glücklichen Tage des Kriegs, als er Hauptmann war und eine Mätresse hatte, die später ein berühmter Filmstar wurde. Er hatte auch einige Auszeichnungen erhalten, aber im Vergleich mit *la belle Arlette* waren sie ihm nicht wichtig.

Er trank viel, besonders wenn er wusste, dass Madame wieder ihre Kopfschmerzen hatte oder wenn es einen unerwarteten Haufen Rechnungen gab, die bezahlt werden mussten. Er war immer höflich und scherzte sogar mit uns, obwohl er manchmal die Kinder anschnauzte. Er fürchtete und respektierte Papazi, doch er lieh sich auch immer Geld von ihm, als ob es selbstverständlich wäre, da der alte Mann ihn doch schon so lange unterstützt hatte. Papazi verhielt sich höflich, doch sobald André einundzwanzig Jahre alt war, bezahlte er die Scheidung. Er verachtete seinen Schwiegersohn.

Auch die Kinder verachteten ihn, in der hintertriebenen Art junger Menschen … immer eine Spur zu kleinlaut, zu unterwürfig.

André, der immer Dédé genannt wurde, war der Älteste und der einzige, der seine Mutter jemals mit dem Wort *la pigeonne* aus *La P'tite Jeanne* ansprach. Dédé war ein mürrischer Einfaltspinsel mit dem gedrungenen Körper und den kleinen Augen seines Vaters. Am Esstisch stritten sie sich oft bitterlich. Er hasste es ganz offensichtlich, wie hart seine Mutter zu arbeiten hatte, und er war das einzige Familienmitglied, das unsere Anwesenheit je zu missbilligen schien. Seine Tischmanieren waren schrecklich und ich mochte ihn wahrscheinlich noch weniger leiden als er mich.

Er büffelte mit hartnäckiger Hoffnungslosigkeit, um nach Saint-Cyr zu kommen, und wurde schließlich als Letzter auf der Liste zugelassen. Seine Mutter schrieb mir von seiner Ehe … weit unter seinem Niveau, wie sie noch andeutete. Als Frankreich kapitulierte, war er ein Hauptmann bei den *Pompiers de Paris* und hatte »in der Nähe seines Standorts eine hübsche Acht-Zimmer-Wohnung, wo Simone den ersten Sohn erwartet«, schrieb Madame in ihren mit lila Tinte geschriebenen, schön verschnörkelten Zeilen. So viel zu Dédé. Er war ein grober Kerl, trotz seines Feinschmeckergaumens.

Jean-Jacques oder Plume, wie er immer genannt wurde, war da vollkommen anders. Er war das elfenhafteste Wesen, das ich jemals getroffen habe, gleichzeitig aber auch wie ein Affe mit dem gleichen unmenschlichen, lebhaften Blick. Er war ungefähr vierzehn Jahre alt, als wir ihn kennen lernten. Er weigerte sich, zur Schule zu gehen, deshalb bestach Papazi wiederum jeden angesehenen Süßwarenhersteller in Dijon, um ihn als Lehrling aufzunehmen. Er brachte die Mitarbeiter so zum Lachen, dass sie alle Bonbons und Kuchen vermasselten, und die Konditormeister wälzten sich nachts sorgenvoll in ihren Betten, in Gedanken an seinen nächsten Streich. Würde Plume die Hochzeitstorte einer Braut schmücken und dabei versuchen, ihre jüdische Herkunft mit einem Davidstern aus Rosenknospen zu vertuschen? Würde er für die Weihnachtsfeier des Bischofs die kleinen Schokoladenflaschen mit Öl anstatt mit Cointreau füllen?

Trotz Papazis großem Ansehen war Plume schließlich dazu gezwungen, sich einzugestehen, dass er ein besserer Klavierstimmer, Uhrmacher, Rechtsanwalt oder Tanzlehrer beim Ballett sein würde. Es gab jedoch nichts, was ihn aus der Ruhe brachte, und er huschte wie ein freundlicher, grinsender, kleiner Satyr durch die Büros, Fabriken und Straßen von Dijon. Wir sahen manchmal, wie er aus den teuersten Bordellen kam, immer mit dem gleichen Ausdruck schelmischer Abwesenheit auf seinem kleinen Gesicht, und ein paar Prostituierte erzählten Al, dass er bei ihnen sehr beliebt war, so zärtlich, so höflich und so charmant. So war er auch zu Hause und wir alle liebten ihn.

Nachdem wir Dijon verließen, nahm er eine Arbeit in einer Automobilfabrik an, wo sein Vater früher sehr bekannt gewesen war, und plötzlich, vielleicht wegen der Scheidung seiner Eltern, änderte er sein abgehobenes Verhalten und verwandelte sich im Motorenbereich in einen wahren Zauberer. Er ging nach Algier und die Briefe seiner Mutter klangen glücklich. Wegen eines Leidens kam er einmal nach Hause. Deswegen sah ich ihn kurz, vom Fieber geschüttelt, als ich in Frankreich war. Er beugte sich über meine Hand. Ich hatte immer noch das Gefühl, dass er vierzehn Jahre alt war, nicht ein Mann in den Zwanzigern, und ich musste mir ein Lächeln verkneifen. Noch lange Zeit verspürte ich seinen Kuss auf meiner Haut.

In der ersten Hysterie der Mobilisierung in Frankreich wurde er aus seiner Autofabrik abberufen, wo er mittlerweile ein geschätzter Fachmann war, um Schützengräben auszuheben. Innerhalb weniger Tage starb er an einer Lungenentzündung.

»Wenn sie sehen, wie schmutzige Erde auf den Sarg ihres Sohnes geschaufelt wird«, schrieb mir seine Mutter in ihrer präzisen, flüssigen Handschrift, »dann haben Sie das heftige Verlangen, Ihren Kopf zurückzuwerfen und wie ein verwundetes Tier zu heulen.«

Und Doudouce? Ihr Name war eigentlich France, weil sie am ersten Tag des Waffenstillstands zur Welt kam. Sie war ein ernstes Mädchen, klein, rundlich, mit den sorgenvollen Augen und dem sinnlichen Mund ihrer Mutter. Wir erlebten sie, als sie gerade ins Teenageralter kam und in der Schule hart und ernsthaft arbeitete. Sie hatte sich zu diesem Zeitpunkt bereits dafür entschieden, niemals zu heiraten, sich niemals den monatlichen Kopfschmerzen und der täglichen Plackerei zu unterwerfen, die sie bei ihrer Mutter beobachtete, und beschlossen, lieber eine Lehrerin zu werden statt einer Nonne. Wir versuchten immer, ihr das Gefühl zu geben, dass sie eigentlich noch ein kleines Mädchen sei, doch erst nachdem wir Dijon verlassen hatten und erst nach der Scheidung brachte Plume ihr bei, fröhlich zu sein. Doudouce verfolgte zwar weiterhin ernsthaft ihre Ausbildung, aber sie tanzte auch gern.

Sie legte ihre Prüfungen erfolgreich ab. Ihre Mutter war stolz und fassungslos zugleich, als sie danach ganz allein nach Paris ging, um Medizin zu studieren und Röntgenologin zu werden. Sie war dort, als die Deutschen in die Stadt einfielen, und ich frage mich heute, ob Papazis fanatischer Hass auf die *boches* sie stärkte oder ob die schlummernde Sinnlichkeit in ihrem kleinen, runden Körper sie lehrte, dass Kopfschmerzen nicht immer von Männern verursacht werden, nicht einmal von Deutschen.

Ich denke oft an sie, ebenso an Plume, der oft so schnell weggetreten war, aber auch an den schmollenden Dédé und an meine arme, törichte Freundin, ihre Mutter. Ich erinnere mich mit Kummer an die verschwenderische Freigiebigkeit ihrer Tafel und an ihre kindliche Unfähigkeit, sich für sich selbst und ihre Freunde etwas anderes vorstellen zu können als Fülle, Wärme und die Vollkommenheit der Sinnesempfindungen. Noch weniger als gewöhnliche Menschen war die Familie Rigoulot fähig, der Härte eines physischen Hungergefühls standzuhalten.

Ich sehe sie immer vor mir, die drei Kinder über den dampfenden Ofen gebeugt, ihre Augen aufmerksam und schön, und ihre Ohren hörten ehrfürchtig Papazi zu, der einen Löffel schwenkte und ihnen die Geschichte der *sauce Soubise* oder der Karpfenklöße erzählte, die er gerade zubereitete, während Madame sich für einige mühsam abgerungene Augenblicke an den Esszimmertisch setzte, die Haushaltsbücher vor ihren überanstrengten Augen ausgebreitet, aber einen kleinen Teller mit *truffes au chocolat* oder ein Gläschen *anisette* neben ihrer freien Hand ...

Das ist wahrscheinlich der Grund, weshalb ich während des Zweiten Weltkriegs mehr an diese Menschen dachte als an jeden anderen meiner gefolterten, verbrannten, verhungerten, toten und sterbenden Freunde. Und deshalb weinte ich innerlich, als ich die Geschichte mit dem Meerschweinchengericht las; nicht wegen ihrer Ekelhaftigkeit, sondern wegen des Stolzes meiner Freundin, es wie in alten Zeiten in ein Meisterwerk zu verwandeln.

Sie war die hoffnungslos verschwenderischste Frau, die mir in einem relativ kurzen, aber extravaganten Lebensabschnitt begegnete. Jeden Tag in den vielen Monaten, an dem ich an ihrem Tisch aß und unter ihrem mit Hypotheken belasteten Dach wohnte, fühlte ich bei ihr diesen fast beabsichtigten Wahn der Verschwendung. Einmal fragte sie mich, und ich wusste, dass sie dazu allen Mut zusammengenommen hatte, ob wir unsere monatlichen Zahlungen um vielleicht einen Dollar erhöhen könnten. Ich erschrecke aus vielen Gründen, wenn ich an diese Szene zurückdenke: wir zwei in dem kleinen Zimmer, zwei winzige Gläser mit Pflaumenschnaps vor uns, unsere kleinen Geister, die wie neugeborene Mäuse an unserer spät gewonnenen Vorsicht angesichts unserer Lebensführung knabberten, wobei sie in einer Flut aus opulenten Saucen und guten Weinen dahin trieb und ich in meiner eigenen, neu entdeckten Sinnesfreudigkeit. Wir tranken und schauten und tranken … und schließlich sagte ich, mit der ersten derartigen Entscheidung meines allzu wohlbehüteten Lebens, dass ich ihr heimlich das zusätzliche Geld geben würde, aber meinem Mann nichts davon erzählen wollte, und sie lächelte erschöpft, verwirrt und verärgert darüber, dass sie die Lebenshaltungskosten ansprechen musste. An diesem Abend entkorkte sie eine Flasche mit einem Schnaps aus wilden Erdbeeren, die ihr Vater vor fünfzig Jahren gepflückt hatte, als er im Elsass Lehrling bei einem Gastronom gewesen war. Mir blieb der Brand zunächst in der Kehle stecken, doch dann, im Hochgefühl der einladenden, rückhaltlosen Großzügigkeit meiner Freundin, stießen wir mehrmals miteinander auf sie, auf mich, auf die Welt an. Sie hatte mich beschämt und dabei gelehrt, nie wieder so dünkelhaft zu sein, aber es war wie ein Gnadenstoß, instinktiv und mit Liebe.

Es ist inzwischen wohl klar, dass meine Liebe zu ihr teilweise auf einem Schuldgefühl beruht. Das macht mir nichts aus. Ich wünschte mir zwischenzeitlich sehr, dass ich ihre Angebote angenommen und alles gelernt hätte, was sie mir beibringen konnte, so wie ich ihr dafür im Haushalt hätte helfen können, um ihr die Plackerei zu erleichtern. Weder das eine noch das andere geschah. Stattdessen machte sie wie gewohnt weiter, Tag für Tag und Mahlzeit für Mahlzeit, sie brachte so lockere Krusten, solche gefährlich leichten Beignets, solche Omelettes, Ragouts und Torten auf den Tisch, wie ich sie nie zuvor und danach nie wieder gesehen habe.

Ich besitze einige ihrer Rezepte (sie schrieb sie spät nachts fleißig auf – das Papier hat Fettflecken –, doch ich nahm sie viel zu nachlässig entgegen, so als ob sie mir zustünden, aber nur Gott weiß, aus welchem Grund) und obwohl ich sonst ihre kunstvolle Schnörkelschrift entziffern konnte, blieben mir hier ihre Angaben bezüglich Gramm und Liter rätselhaft, doch sie beschwören für mich eine Eleganz des gastronomischen Denkens, die unberührbar ist. Diese Frau, eine arme, abgewrackte, geplagte Kreatur, versagte nie bei unserer Ernährung. Ganz gleich, wie groß ihre finanziellen Nöte auch waren, sie benutzte nie Margarine, angequetschte Pfirsiche oder gestreckten Wein. Und sie log uns niemals an …

Vielleicht traf es Papazi am glücklichsten. »Es wird Sie betrüben, meine Liebe«, schrieb Madame einige Monate vor Kriegsbeginn, »dass unser geliebter Papazi nicht mehr unter uns weilt. Sein Ende werden Sie als eine spezielle Auszeichnung unseres Herrgotts für einen so hingebungsvollen und treuen Diener des Epikur sicher zu schätzen wissen. In der letzten Zeit hat mein armer Vater seine zahlreichen finanziellen Schicksalsschläge vergessen und unser Tisch war in der Tat des größten elsässischen *confiseur-pâtissier* der Vergangenheit, Gegenwart und Zukunft würdig. Am Mittwoch bereitete Papazi, um Plumes neue Stellung in der Fabrik zu feiern, mit seinen eigenen Händen und mit ganz wenig Unterstützung meinerseits ein Mittagsmahl, wie wir es seit Jahren nicht gesehen hatten. Wir begannen, als ein Kompliment für mich, mit meinem eigenen Rezept für *Potage Richelieu* (Sie erhitzen 200 Gramm bester Butter, dazu geben Sie … aber ich schreibe das Rezept auf ein anderes Blatt Papier, meine Liebe …)

und danach gab es Schnecken, die Plume, Doudouce und ich zehn Tage vorher im Wald eingesammelt hatten, so wie in alten Zeiten … erinnern Sie sich noch, wie wir sie so oft im Hof aushungerten und wie Sie uns dabei halfen, die Häuser mit Papazis kleinen Bürsten zu säubern? … und nach einem kleinen, aber köstlichen Gruyère-*soufflé* zur Erfrischung unserer Gaumen aßen wir eine Zunge mit *sauce Philippe*; das Rezept dafür schreibe ich Ihnen auch auf, falls Sie sich nicht daran erinnern.

Ich möchte Sie nicht langweilen, meine liebe Freundin. Lassen Sie mich nur noch sagen, dass es zum Abschluss eine *diplomate au kirsch d'Alsace* geben sollte, wie immer mit den eingelegten Früchten. Mein Plan war es, nachdem wir fast die letzte unserer besten Flaschen für den ersten Teil des Mahls geöffnet hatten, statt Champagner, wie wir das in Dijon immer taten, Kaffee auf algerische Art zu servieren, um Plume eine Freude zu machen. Aber bevor es zu diesem Gang kam, stand unser lieber Papazi auf … das ist schmerzhaft, wie Sie verstehen werden … stand unser lieber Papazi, der den ganzen Tag so fröhlich und jung gewesen war, plötzlich auf, leerte sein Glas und setzte sich mit einem seltsamen Lächeln auf dem Gesicht wieder hin. Sein Magen gab ein lautes Rumpeln von sich und er war von uns gegangen.«

Meine Mutter war der festen Überzeugung, dass Paare auch einmal längere Zeit getrennt voneinander Urlaub machen sollten. Und ich, als Erstgeborene und möglicherweise Gehorsamste, folgte ihrer Devise überraschenderweise viele Jahre, ohne mir jemals deswegen Gedanken zu machen. Ich wundere mich noch heute über diese Lebensweisheit und ärgere mich über den Schmerz, den sie mir zufügte, genauso wie über mein damaliges Stillschweigen.

Als ich erfuhr, dass mich der erste Sommer nach meiner Eheschließung nach England und Irland führen sollte, wie es bereits von meiner Mutter und meiner nächst jüngeren Schwester Anne ausgemacht war, kam es mir nicht einmal in den Sinn, zu protestieren. Ich akzeptierte es einfach, bis auf jene geheime Kränkung, die mir die offensichtliche Freude meines Mannes zufügte, als er mir die Tickets für den Ausflug nach England überreichte.

Schließlich wurde dieser Sommerurlaub jedoch wegen einer Knieverletzung meiner Mutter abgebrochen, die sie sich in unserer ersten Nacht in London zugezogen hatte. Statt von dem schüchternen Yankee-Girl, das uns zu Beginn des Jahrhunderts einmal besucht hatte, durch die irische Landschaft geführt zu werden, kehrten wir vorzeitig nach Dijon zurück.

Heute erst erkenne ich, dass es ein guter Sommer war, denn er festigte die ausgezeichnete Beziehung, die immer zwischen Al und meiner Mutter bestanden hatte. Ich selbst erwähnte nie, wie gekränkt ich damals war.

Der zweite Sommer war allerdings in jeder Beziehung schwieriger. Umso gerechtfertigter war mein geheimer Schmerz, den ich bei dem noch offensichtlicheren und von Al so unverhohlen zur Schau gestellten Vergnügen empfand, als er mich auf die lange Schiffsreise nach Kalifornien schickte. Für mich war es eine wirklich große Enttäuschung, doch wieder einmal fügte ich mich. Dieses Mal wusste ich, dass Al wünschte, dass ich wegfuhr, und ich war ebenfalls überzeugt davon, dass ich aus einem ganz bestimmten Grund nach Hause beordert worden war, der mir allerdings erst wenige Tage vor meiner Rückkehr nach Dijon eröffnet wurde. Der Anlass war meine Schwester Norah, die mit mir zurückfahren sollte.

Natürlich freute ich mich, war und ist sie doch, praktisch seit ihrer Geburt, einer der wichtigsten Menschen in meinem Leben. Es gab jedoch vieles an ihr, das ein gemeinsames Leben mit uns unmöglich machte, aber ein weiteres Mal fügte ich mich als pflichtbewusste Tochter und fuhr mit Norah zurück, zurück zu Al und zurück nach Dijon.

Ich wusste, dass wir nicht mehr wie Studenten leben konnten, nun war ich zusätzlich für ein dreizehnjähriges und etwa ein Meter achtzig großes Kind verantwortlich – eine stolze und bildhübsche junge Frau, die in ihren Schuldirektor verliebt war und offensichtlich in jeder nur möglichen Hinsicht ungeeignet schien, die High School in einer Stadt wie Whittier zu besuchen. Sie hatte zwei Jahre in einem Internat verbracht, denn nach meiner Heirat, das wusste ich, war meine Mutter außerstande, mit ihr umzugehen. Sie blieb deshalb einfach im Bett und hatte die Fürsorge von Norah und meinem jüngeren Bruder David in die Hände eines verträumten jungen Schulrektors übergeben, der ein kleines Internat leitete und später ein Sommerlager in den nahe gelegenen Hügeln von Laguna Beach und Glendora.

Mein Leben mit Al war von Mutter im vorherigen Sommer, während all der Wochen, die sie in Dijon mit meiner Schwester Anne im Hotel Central verbracht hatte, gründlich beobachtet worden. Und so schien es das Natürlichste auf der Welt zu sein, dass ich in Begleitung meiner jüngsten Schwester zu meinem Leben mit Al zurückkehrte.

Mein Erstaunen war so groß, dass ich mit niemandem darüber sprach, besonders da Al tatsächlich bereits viel mehr als ich *au courant* zu sein schien. Ich kann das heute ohne jede falsche Spur einer Anschuldigung sagen, damals war ich aber insgeheim verbittert darüber, dass er bereits in die Pläne eingeweiht war, bevor ich mich auf die lange Schiffsreise nach Kalifornien begab.

Jetzt ist es natürlich zu spät, um Al Fisher zu fragen, was er von diesem sonderbaren Plan hielt, und natürlich sprach Mutter nie darüber. Tatsächlich wären Norah und Larry Powell die Einzigen, die sich möglicherweise überhaupt noch an jenen Sommer und das darauf folgende Jahr erinnern könnten, doch ich bezweifle stark, dass ich Norah überhaupt einmal fragte, was sie damals empfand. Heute erscheint es mir eigenartig. Obwohl wir alle willensstarke Menschen waren, taten wir das, was Mutter geplant hatte, ohne dass je Fragen gestellt, geschweige denn beantwortet wurden. Nun ja ...

Da war ich nun also in Dijon mit diesem wunderschönen Kind und wusste nicht, wo ich sie unterbringen sollte. Ich glaube, sie schlief einige Nächte lang auf unserer Couch in dem purpurfarbenen Arbeitszimmer und zusammen durchwanderten wir die ganze Stadt. Ich war mir ihrer Schönheit und auch ihrer unpassenden Kleidung durchaus bewusst, denn sie war wie ein Kind angezogen, das sie in den Augen ihrer Mutter ja auch immer noch war. Ich suchte mit ihr zusammen eine etwas weniger kindliche Garderobe aus und kaufte ihr Schuhe, die für das Kopfsteinpflaster der Straßen dieser alten französischen Stadt geeigneter waren. Und ich ließ sie nicht wissen, dass sie ein Aufsehen erregender Anblick war, wann auch immer sie die Straßen entlang ging.

Ich erinnere mich daran, wie ich mich mehrmals auf der Rue de la Liberté umdrehte und sah, dass die Leute aus ihren Geschäften traten, um ihr hinterher zu schauen, während sie so dahinschwebte und noch größer wirkte mit dem knallroten Fes und seiner langen, schwarzen Troddel, den sie auf der Durchreise in Paris auf der Kolonialausstellung gekauft hatte.

In den nächsten Tagen schlenderten wir zu verschiedenen Orten, die ich Norah zeigen wollte. Wir verliefen uns in den Dachkammern des Palais des Ducs, schauten uns Rüstungen und Grabmäler an und blickten aus den Fenstern über die Ziegeldächer. Wir betrachteten Schaufenster voller Senf, kauften Kerzen in den schummerigen, widerhallenden Kirchen und spießten anschließend heiße Schnecken gezielt mit unseren Gabeln auf.

Ich zeigte Norah die winzige, in einen Stein gemeißelte Eule im hinteren Teil der Notre-Dame-Kirche und hielt sie an, ihre glatte Brust zu reiben, so wie es alle tun, die um diesen Brauch wissen. Den Sinn habe ich vergessen, aber es hatte nie eine Rolle gespielt: Die Eule selbst, so klein und alterslos, war aufregend genug.

Norah hatte mit ihren dreizehn Jahren bereits eine große Schwäche für Teesalons und war für *babas au rhum* gegen halb fünf Uhr nachmittags sehr empfänglich. *Michelin* war der größere, langweiligere, dafür aber florierendere Salon. *Duthu,* am Ende der Rue de la Liberté, stellte hingegen Schokoladentrüffel her, die von eleganten Damen mit Silberzangen aufgenommen und in vergoldete Papierkegel geschoben wurden, die sie dann ebenso elegant mit einem Goldfaden verschnürten.

In jenem Herbst beschloss ich, dass es nicht länger zu ertragen war, weiterhin als Kostgänger bei den Rigoulots zu wohnen, wie wir es die letzten zwei Jahre gemacht hatten. Es war eindeutig die Zeit gekommen, dass Al und ich alleine wohnten.

Zwei Jahre lang hatten wir in der Rue du Petit-Potet täglich zwei oder drei Mal den beengten, kleinen Raum mit seinen braunen Wänden betreten, sein *Souvenir de Verdun* und seine beiden jungen Hirschköpfe betrachtet. Viel zu viele Monate hatten wir uns Höflichkeit, Interesse und Fröhlichkeit abgerungen, um unseren kleinen und zeitweise auch heftigen Ärger zu verbergen. Ohne mit der Wimper zu zucken hatten wir auch Hunderte von Schüsseln dünner Suppe hingenommen, Dutzende von einfachen Omeletts und Tausende von Gläsern verwässerten *vin ordinaire,* die geräuschvoll in den Schlündern der Ollangniers und danach in denen der Rigoulots und ihrer Pensionsgäste verschwanden. Trotzdem hatten wir viel von ihnen gelernt und tausend Freundlichkeiten empfangen. Sie waren unsere Freunde, ertrugen geduldig unser Französisch, interessierten sich für unsere Arbeit, amüsierten sich über unsere seltsamen Vorstellungen, und wir liebten sie dafür. Aber jetzt, ganz plötzlich, waren sie unerträglich geworden, sie und ihre traurigen Streitereien und ihre befremdende Freizügigkeit. Bald nachdem ich aus Kalifornien zurückgekehrt war, zogen wir so schnell aus, als würden wir von der Pest verfolgt.

Während ich Norah die Stadt zeigte, sah ich mich gleichzeitig nach einer Wohnmöglichkeit für sie und einer anderen für uns um, da es immer deutlicher wurde, dass wir nicht zusammen leben konnten. Unsere Bedürfnisse waren zu unterschiedlich. Al war dabei, seine Dissertation zu beenden und verbrachte die meisten Tage im Café, um daran und auch an seinem ›Ghost in the Underblows‹ zu arbeiten. Und abends gingen wir meistens ins Kino. Norah war, trotz ihrer körperlichen Größe und ihrer offensichtlichen Reife, vor allem aber auf Grund ihrer kindlichen Unerfahrenheit für dieses studentische Lebens nicht geeignet. Und sie war zu jung, um allein bei den Rigoulots zu wohnen.

Selbst nach einer so langen Zeit in einer Garnisonsstadt konnte ich eine *gros numéro* nicht von einem respektablen Haus unterscheiden, ich musste etliche Mietgespräche abbrechen, und erst nachdem ich mich bei Freunden von der Universität umhörte, fand ich die kleine Wohnung, in der wir nun leben sollten.

Norah brachte ich in der Klosterschule Notre-Dame-des-Anges in der Rue Victor Hugo unter, die fast außerhalb der Stadt lag. Die Schule machte einen guten Eindruck, aber Nonie musste das alles schrecklich vorgekommen sein, obwohl sie inzwischen etwas Französisch gelernt hatte. Die einzige Person, die dort überhaupt noch so etwas wie Englisch sprach, war ein irisches Mädchen, die aber tatsächlich nur Gälisch sprach. Wenn sie musste, konnte sie immerhin ein irisches Englisch von sich geben. Für Norah war alles vollkommen anders als für Al und mich. Sie war so *allein*. Und es war schwer für sie, da sie die Schule nur Donnerstagnachmittag und am Sonntag verlassen konnte. Aber ich sprach diese Umstände nie an.

Sobald Norah sicher im Notre-Dame untergebracht war, zogen wir in unsere neue Wohnung. Sie befand sich in einer ›unschicklichen Gegend‹, einem Arbeiterviertel, und die Leute waren peinlich berührt, wenn wir es ihnen sagten. Die Trambahn fuhr an der Wohnung vorbei und man hatte einen Blick auf einen armseligen kleinen Platz, der von Schatten spendenden, dicken Platanen umgeben war.

Tatsächlich war das Viertel so wenig angesehen, dass mehrere Dijoner, mit denen wir gut bekannt waren, sich nicht mehr mit uns trafen. War es vorher in dem relativ langweiligen Leben der Stadt noch ein amüsanter gesellschaftlicher Zeitvertreib, zu uns zum Tee in die Rue du Petit-Potet zu kommen, in der sicheren nachbarschaftlichen Gesellschaft von Bürgermeistern und Erzbischöfen und dem Geruch von jahrhundertealten Kellern, war es nun unmöglich, da man durch Straßen gehen musste, die offensichtlich nur von Handwerkern und Arbeitern bewohnt waren. Wir genossen diese neue Freiheit und nahmen all die Geräusche und Düfte auf, die ein vornehmeres Leben nicht zu bieten hatte.

Unsere Wohnung lag über einer Konditorei namens *Au Fin Gourmet*, sie war sehr sauber, luftig und es duftete angenehm. Der Duft war letztlich ausschlaggebend für meine Wahl gewesen, nachdem ich tagelang verstört aus Bordellen herausgekommen und mir dunkle und laute Zimmer angesehen hatte, die so anrüchig waren wie die alten Weiber, die sie mir zeigten.

Wir unterschrieben einige offizielle Unterlagen, wobei wir uns über Pfirsichtorten und eine Reihe saftiger *babas* beugen mussten, um an das Tintenfass zu kommen. Der Besitzer warf einen Blick auf unsere Unterschriften und fragte: »Verheiratet?«

»Ja«, sagte Al und zog fast unmerklich eine Augenbraue hoch, was trotz seiner höflichen Art bedeutete, dass seine Worte eine gewichtige Maßregelung beinhalteten. »Ja. Sie sehen, wir tragen ein und denselben Namen und ich habe mich als Monsieur und Madame eingetragen.«

»Schon gut«, sagte der Vermieter, »mich kümmert das nicht, verstehen Sie. Aber man muss die Polizei zufrieden stellen.« Er blickte uns wohlwollend an, wischte die Hände an seiner zuckerverschmierten Schürze ab und strich Madame und meinen Beruf als Studentin aus. Stattdessen trug er ›Monsieur Fisher und eine Frau‹ ein.

Nachdem uns seine Frau, eine schnippisch aussehende Person mit pinkfarbenem Haar, ebensolchen Augenbrauen und einem verkniffenen Mund, die Schlüssel gegeben und uns erneut ermahnt hatte, dass sich die Zimmer in einem perfekten Zustand befänden und auch so zu bleiben hätten, stiegen wir zum ersten Mal in unserem Leben die Treppe zu unserer eigenen Wohnung hoch.

Sie bestand aus einem großen Zimmer mit zwei breiten

Fenstern, die auf den staubigen, kleinen Platz hinausgingen. Das Bett, das sich zur Hälfte in einem kleinen Alkoven befand, störte in keinster Weise den geräumigen und gemütlichen Eindruck, den das Zimmer insgesamt machte, zumal wir den runden Tisch in die Ecke am Fenster schoben und Bücher auf die Kaminsimsattrappe unter dem unebenen, alten Spiegel und über den winzigen Holzkohleofen stellten. Es gab eine kleine Kammer, die Madame als *la chambre noire* bezeichnet hatte; wir besorgten uns dafür einige Kerzen, verwandelten eine Hälfte unseres Schrankkoffers in einen Waschtisch und so war dieser Teil des Zimmer trotz seines melodramatischen Namens sehr normal. Unten an der Rückseite des Hofes befand sich am Ende eines langen Korridors eine öffentliche Toilette, die allen Bewohnern dieses Häuserblocks diente. Es war eine offene Latrine mit drei Löchern und noch dazu die exponierteste, die mir je in Europa begegnet ist.

Auf dem Treppenabsatz vor unserer Tür befand sich ein kleiner Wasserhahn, wo wir das Wasser zum Waschen und Kochen holten. Es war eine mühsame Angelegenheit, das Wasser zu schleppen, und noch mühsamer war es, die Eimer aus dem Schwarzen Zimmer sowie mit dem Spülwasser und dem Wasser, in dem ich das Gemüse säuberte, zu leeren. Alles war für mich aber etwas so aufregend Neuartiges, dass es mir zunächst nicht viel ausmachte. Natürlich gab es auf dem Platz einen Brunnen, und bald gewöhnte ich mir an, meine Salate und alles andere wie alle Frauen des Viertels unter den Wasserstrahl zu halten.

Die Küche erstaunte mich, da ich nie in Orten wie New York gelebt habe, wo man, wie ich gehört hatte, auf Kochplatten kocht, die sich in Schrankschubladen verstecken.

Die Küche war etwa eineinhalb Meter lang und bestimmt fast einen Meter breit. Der Boden bestand aus unebenen, gebrannten Fliesen und war zu einem schwachen Rosa abgescheuert worden. Zwei wackelige Regale mit durchhängenden Böden waren darin angebracht, ein zweiflammiger Gaskocher auf einem ebenfalls wackeligen Holztisch war der Herd. Damit ich dort stehen konnte, musste die Tür zum anderen Zimmer geöffnet bleiben, doch das war sowieso nicht anders möglich: Die offene Tür steckte schon seit mehreren Jahrzehnten fest.

In dieser Küche bereitete ich schmackhafte Gerichte zu und ich glaube bis heute, dass dies zum Teil an dem großen Fenster lag, das an einer Seite des Raumes vom Fußboden bis fast zur Decke ging. Ein funkelndes Fenster mit vielen Glasscheiben, ein Fenster, dem für eine kurze Zeit zwei alberne, kleine Fähnchen aus Tüll als Vorhänge dienten, ein Fenster, das sich in der Mitte öffnen und sehr weit aufstoßen ließ, weiter als alle anderen Fenster.

Von diesem Fenster aus sah man über die Schornsteine hinweg zum weiten Himmel der Côte d'Or oder durch Baumkronen hindurch hinunter auf den Platz, wo einst Galgen und später eine Guillotine gestanden hatten, wo Wanderzirkusfamilien für ein oder zwei Abende an dem plätschernden Brunnen und neben dem *pissoir* ihre Gasleuchten aufstellten, wo die Leute unentwegt herumschlenderten und redeten, nur übertönt vom lauten Geheul eines Kaffeehaus-Grammofons, das tausendmal Josephine Bakers Platte ›*J'ai deux Amours*‹ spielte.

All diese Geräusche schwirrten durch das Fenster der winzigen Küche herein und wieder hinaus, fröhlich und düster, geheimnisvoll und immer wahrhaftig. Vielleicht bin ich zu sentimental – aber das bezweifle ich –, wenn ich mir einrede, dass sie für die guten Mahlzeiten verantwortlich waren.

Natürlich feierten wir unseren ersten Abend im neuen Zuhause, indem wir im Restaurant *Aux Trois Faisans* spät und gut aßen, so dass es Spaß machte, am nächsten Morgen in unserem Nischenbett zu liegen und den neuen Geräuschen zu lauschen. Wir waren noch ganz verschlafen, doch noch nie hatten wir so viele Geräusche, einen derart lebhaften, geschäftigen und aufgeregten Lärm vernommen. Wir lagen eine Weile da und hörten ihm einfach zu.

Als Erstes hörten wir die Arbeiter mit ihren schweren Schuhen, dann die Glücklicheren, die Fahrräder hatten und wie wild klingelten; die Fensterläden der Geschäfte wurden geöffnet, von schläfrigen Lehrlingen zusammengeklappt und an der Seite befestigt; es folgte ein lautstarkes Klopfen von Kissen und Matratzen, aus denen ab und zu braune Federn an unseren Fenstern vorbeisegelten; und immer vernahm man das Scheppern der kleinen Trambahnen, die hinauf ins Zentrum fuhren. Unter uns hörten wir, wie die ockerfarbenen Fensterläden der Konditorei umständlich aus ihren Haken gelöst wurden. Es musste wohl dieses große, einfältige Mädchen sein, das am Vortag durch den Vorhang des Hinterzimmers geguckt hatte, als wir den Mietvertrag unterschrieben. Wir hörten, wie sie schwerfällig den unteren Flur entlang schlurfte, der unserer Vermutung nach zu der Stube führte, wo die Kuchen gebacken wurden.

An diesem ersten Morgen gab es noch etwas anderes, etwas, das wir fortan jeden Mittwoch und Samstag hören würden, ein flüsterndes, trippelndes Dahineilen von weiblichen

Füßen, die sich alle in eine Richtung bewegten. Hätte ich genauer hingehört, hätte ich die Erklärung dafür gefunden.

Als wir schließlich aufstanden, gingen wir zu dem kleinen Café mit der dunkelgrünen Vorderfront, das sich zwei Türen weiter vom *Fin Gourmet* an einer Ecke des Platzes befand, und saßen in der Sonne mit einem *café au lait* und ofenwarmen *croissants*. Man starrte uns an. Wer waren diese groß gewachsenen Fremden? Was machen sie in unserem Viertel? Gewiss keine Touristen – aber auch keine Arbeiter. Wir fühlten die Neugierde wie einen Dunst um uns herum. Doch die Sonne war warm und wir beobachteten einfach das Geschehen auf der Straße.

Die gedämpfte Geschäftigkeit rührte von Hunderten von schwarz gekleideten Frauen her, die alle dahineilten und hässliche schwarze Lacktaschen oder Einkaufsnetze trugen oder aber kleine Karren und leere Kinderwägen vor sich herschoben. Und während wir in der Sonne saßen, wie zwei unbeschwerte Fremde, kamen einige der Frauen bereits aus der umgekehrten Richtung zurück.

Ihre Taschen und Wagen waren jetzt so schwer beladen, dass die Hände, die sie hielten und schoben, angeschwollen und rot waren. Ich sah die krummen Stängel grüner Bohnen und die angestoßenen äußeren Blätter von Salatköpfen, steife gelbe Hühnerbeine … und ich sah, dass die Frauen müde, aber doch von einem inneren Frieden erfüllt waren.

Schließlich erfuhren Al und ich, was an jenem Morgen geschah, warum wir die kleinen Räder gehört hatten, die sich zum Mittelpunkt aller Dinge bewegten, hin zu *les Halles*, warum die Frauen so geschäftig waren, wohin sie geeilt waren und warum sie jetzt mit gebückten Schultern in der Trambahn saßen oder auf den Straßen nach Hause gingen. Lebensmittel. Lebensmittel für ihre Männer und ihre Familien. Und ich selbst hatte jetzt auch ein Regal – zwei Regale – und einen Herd, auf dem ich für meinen Mann Mahlzeiten zubereiten musste. Als ich aufstand und davonging und auf Englisch sagte, dass ich Al mittags in der Wohnung sehen würde, fühlte ich, wie mein Abgang aus dem Café mit Neugierde begleitet wurde.

Es war fast schon Mittag und zu spät, um zum Markt zu gehen. Daher nahm ich mir vor, in den Geschäften des Viertels so viel Lebensmittel zu kaufen, dass sie bis zum nächsten regulären Markttag reichen würden. Am Tag zuvor hatte ich zwei Aluminiumpfannen, einen großen Kochlöffel und zwei Messer gekauft, ein kleines und ein großes. Aber heute ging ich einen Häuserblock von unserem Café weg in Richtung unserer Wohnung und betrachtete lange die Tonkasserollen, Töpfe und Kessel, die vor einem Geschäft halb versteckt in einem Keller in der Nähe der Rückseite der Kirche St.-Jean aufgestapelt waren.

Die erste Woche, in der ich uns zu verköstigen versuchte, war nicht ganz einfach. Ich lernte Hunderte Dinge: wie man Butter ohne Eis aufbewahrte, wie man täglich gute Salate zubereitete, wenn man ihn nur zweimal in der Woche kaufen konnte und man keinen Platz hatte, um ihn frisch zu halten – eigentlich keinen Platz, wo man ihn überhaupt aufbewahren konnte –, wie man Milch, Eier und Käse kaufte und vor allem wann und wo. Ich lernte, dass *les Halles* tatsächlich der einzige Ort war, an dem man frisches Gemüse erhielt, und ich lernte ebenfalls, dass zwei Blumenkohlköpfe und ein Kilo Kartoffeln und einige Endivien ungefähr vierzig Pfund wogen, nachdem ich eine halbe Stunde zum Markt gegangen war, dort eine

Stunde verbracht und auf dem Heimweg drei überfüllte Trambahnen verpasst hatte.

Ich lernte unter anderem auch, dass man Fleisch und Hartkäse kiloweise kaufte, aber dass Butter und geriebener Käse, egal wie viel man davon verlangte, immer in Gramm abgewogen wurden. Ich lernte, dass die Standbesitzer auf dem Markt hartgesottene, lautstarke Menschen waren, die sich gerne über Leute lustig machten und immer eine kleine Menschenmenge um sich herum versammelten, aber auch, dass sie sehr freundlich und nett waren, wenn man sich an ihren Frotzeleien nicht störte. Ich lernte zudem, immer alte Zeitungen mitzunehmen, um Dinge darin einzuwickeln, genauso meine eigenen Schüsseln und Kannen für Sahne, Milch und Ähnliches. Mit den müdesten Füßen meines Lebens lernte ich schließlich, dass die Ernährung von Menschen in einer Stadt wie Dijon bedeutete, endlose Kopfsteinpflastermeilen von einem kleinen Geschäft zum anderen abzulaufen ... Butter hier, Wurst dort, Bananen wieder woanders und Reis, Zucker und Kaffee erneut an ganz anderen Orten.

Es war die längste, entmutigendste, aufregendste und befriedigendste Woche, an die ich mich erinnern kann, und ich blicke heute mit einem gewissen Neid auf sie zurück, der real aber auch nostalgisch ist. Ich glaube nicht, dass ich je wieder so etwas auf mich nehmen könnte oder wollte. Aber damals, in der Stadt, die ich liebte, und mit dem Mann, den ich liebte, war es wunderbar.

Damals machte ich die Erfahrung, wie es ist, Tag für Tag eine Mahlzeit nach der anderen zuzubereiten, was nicht weniger kompliziert war, als eine Blinddarmoperation auf einem Rettungsboot durchzuführen. Aber nachdem ich mich daran gewöhnt hatte, Wasser zu schleppen und drei Gänge auf einem Tisch von der Größe eines Halstuchs zu arrangieren, und nachdem ich wusste, wie der tragbare Herd anzuzünden war, ohne dass mich die Gasflamme in das Wohnzimmer flüchten ließ, machte all das Spaß.

Wir kauften vier Teller und vier Gabeln anstatt zwei, damit wir Gäste empfangen konnten! Doch einige unserer Bekannten waren nicht einmal bereit, unsere neue Adresse als ›seltsam‹ oder ›einfach irrwitzig‹ hinzunehmen und verabredeten sich bequemerweise mit uns in Restaurants, wenn sie uns treffen wollten. Die Getreuen, die sich durch die vollen Straßen auf den Weg machten und die tadellos sauberen Stufen zu unserer Wohnung erklommen, waren seltene, aber stets willkommene Gäste.

Ich wollte die Rigoulots einladen, aber selbst wenn wir sie darum gebeten hätten, ihre eigenen Teller und Gabeln mitzubringen, hätte ich auf dem kleinen Herd nichts kochen können, was sie ehrlicherweise oder allenfalls aus Gründen der Höflichkeit als Mahlzeit bezeichnet hätten. Und allmählich begann ich, Überlegungen darüber anzustellen, was und wie ich etwas in meiner Wohnung auftischte. Wie sehr ich auch die gastronomischen Vorbehalte meiner Freunde respektierte, so hatte ich das Recht, mich in meiner eigenen Küche meinen Vorlieben hinzugeben.

Ich kam zu der Überzeugung, dass es albern, vielleicht auch angeberisch, oft langweilig und vor allem schrecklich kostspielig sei, ein Essen mit vier oder sechs Gängen zuzubereiten, nur weil die Gäste an so viele Gänge gewöhnt waren. Sollen sie doch zwei oder drei Dinge essen, sagte ich mir, die so reichlich, so interessant und so gut zubereitet sind, dass sie damit zufrieden sind. Und wenn nicht, so konnten sie gerne von unserem Tisch fernbleiben und auf unsere entspannte, angenehme Gastfreundschaft verzichten.

Das war jedenfalls mein Standpunkt und Al war deswegen etwas beunruhigt, da er in einer Pfarrersfamilie aufgewachsen war und man ihm beigebracht hatte, dass der höflichste Umgang mit Gästen darin bestand, sie sich wie zu Hause fühlen zu lassen. Er überspielte seine Verlegenheit gekonnt, während ich mir ziemlich sicher war, dass das Beste, was man Menschen zugute kommen lassen kann, darin besteht, sie zumindest für einige glückselige Momente ihr eigenes Heim und all das, wofür es steht, vergessen zu lassen.

Wie man *ratatouille* machte, lernte ich von einer dicken, kräftigen Frau, die von einer spanischen Insel kam: ein Wirtschaftsflüchtling. Ihre Familie hatte nie genug zu essen und da ihr Mann und sie die Tatkräftigsten waren, verließen sie ihre Heimat. Sie betrieben einen winzigen Gemüseladen mit einem kleinen Fenster. Um die frische Ware zu holen, öffnete sie eine Falltür und gelangte, flink wie eine Balletttänzerin, über eine steile Leiter hinunter und brachte kühle Kohl- oder Salatköpfe nach oben, die sie noch vor Tagesanbruch auf dem Großmarkt gekauft hatte.

Sie war eine große, starke und schöne Frau: kohlrabenschwarzes Haar, große schwarze Augen, aber mit einem massigen, unmäßig übergewichtigen Körper. Mir ist es schleierhaft, wie sie sich durch das kleine, quadratische Loch zwängte. Offensichtlich schlief, aß und lebte sie mit ihrem kleinen Mann auch dort unten.

Sie brachte mir mehr als ihren Eintopf bei, wobei sie nie ahnte, dass ich oft darüber sinnierte, wie sie ihr schimmerndes Haar wusch und einfach immer so süß riechen konnte, war es doch offensichtlich, dass sie nicht nur ihre Salatköpfe an der öffentlichen Wasserpumpe wusch, sondern auch sich selbst, und in dem dunklen Keller oder unter dem kleinen Verkaufstisch schlief. Sie kochte auf einem Gasring hinter einem Vorhang im Geschäft und so kam es, dass ich sie über ihren Eintopf, der so gut roch, ausfragen konnte. Sie sah mich an, als sei ich sehr unbedarft, was ich ja auch war, und nach meiner ersten Lektion kaufte ich einen großen Tontopf, den ich immer noch benutze.

Die Zutaten waren und sind immer noch ungeschälte Auberginen, Zwiebeln, Knoblauch, grüne Paprika, rote Paprika (wenn sie erhältlich sind), reichlich reife, geschälte Tomaten und etwas gutes Olivenöl. Die jeweiligen Anteile sind unmöglich festzulegen, da Größe und Geschmack ständig variieren, aber vielleicht sollte man zu drei Teilen Auberginen (und/oder Kürbis), zu zwei Teilen Tomaten und je einen Teil Paprika, Zwiebeln und Knoblauch verwenden.

Alles wird geschnitten, gewürfelt, zerhackt und zerstückelt und bis auf die Tomaten in den Topf getan … hineingeworfen, genauer gesagt, damit durch diesen groben Umgang die ganze Masse nach unten gedrückt wird. Zum Schluss, wenn es dafür eigentlich keinen Platz mehr gibt, werden die Tomaten in Würfel oder Scheiben geschnitten, großzügig darauf verteilt und auf all das wird schonungslos der Deckel gepresst. Entfernt man ihn wieder, muss reichlich Olivenöl über das Ganze gegeben werden, damit es nach unten einsickern kann. Danach kommt der Deckel wieder darauf. Vielleicht schließt er am Anfang noch nicht ganz, bald wird er aber passen. Alles wird nun in einen mäßig heißen Ofen geschoben, etwa fünf oder sechs Stunden.

In bestimmten Abständen sollte man den Inhalt mit einem langen Löffel von unten her aufmischen. Eine Weile wird er wie Suppe sein und zu diesem Zeitpunkt ist es bereits ein köstliches, nahrhaftes Mahl, das man auf getoasteten Baguettescheiben mit reichlich geriebenem Hartkäse serviert. Allmählich wird die Masse dann fester und die Luft füllt sich mit köstlichem Duft, der die Nachbarn schnuppern lässt und ein Lächeln auf ihr Gesicht zaubert. Wenn das Gericht die gewünschte Konsistenz hat, dass man es sogar mit einer Gabel essen kann, entfernt man den Deckel und legt frisch geschälte Garnelen auf die Oberfläche, bis sie weiß sind und untergerührt werden können ... möglich sind aber auch kleine, in Bier oder Wein gekochte Würstchen. Oder man lässt das Gericht im ausgestellten Ofen erkalten, um dann wahrscheinlich die beste Ratatouille zu genießen, die man je gegessen hat.

Die häufigsten Besuche in unserer Wohnung über dem *Fin Gourmet* erhielten wir von Norah, wenn sie am Donnerstagnachmittag und am Sonntag die Klosterschule verlassen durfte, und von Larry, der für uns wie ein Bruder war. Beide waren unkomplizierte Menschen und entspannt im Umgang.

An einem Sonntag im November gingen wir zur *Foire Gastronomique de Dijon* auf der Place Wilson und der breiten Avenue, die in einen großen Kreisverkehr oder *carrefour* mit einem Brunnen in der Mitte mündete. Lange Zelte erstreckten sich von der Place Wilson bis zum Park, wo man eine Kirmes mit Zirkusnummern und altersschwachen Riesenrädern errichtet hatte. Von den Karussellen plärrte die Musik überall gleichzeitig her und die Buden verkauften für ungefähr zehn Cent einen spritzigen *mousseux,* so dass man sich, wenn man am Ende des Zeltes angelangt war, angeheitert, glücklich oder auch etwas übel fühlte. Weinhändler, Nougathersteller und Verkäufer von elastischen Strumpfbändern säumten beide Seiten der langen, schmuddeligen Zelte. Es war laut und unprofessionell, aber es war lustig. Doch die arme Norah fing sich eine üble Form von Windpocken ein. Sie holte es sich von einem Glas Wein oder etwas anderem, nichtsdestotrotz: Die Kirmes hat uns einen Tag lang Spaß gemacht.

Zurück im Kloster war Norah so krank, dass sie für eine Weile in ein Einzelzimmer kam. Natürlich besuchte ich sie täglich und brachte ihr bei dieser Gelegenheit Bücher von Colette als Lektüre mit. Zu dieser Zeit stand Colette auf dem ›Index‹, weshalb Nonie die Bücher unter ihre Matratze schob … der einzige Ort, wo man überhaupt *irgendetwas* aufbewahren konnte. Sie *versteckte* sie und als man es herausfand, musste ich der Schwester Oberin versprechen, dass sie nie wieder Colette lesen würde. (Alle Mädchen dort mussten übrigens unter einem Laken baden, damit Gott sie nicht nackt sehen konnte.) Ich hatte geglaubt, dass Norah durch die Lektüre von Colette gutes Französisch lernen würde, da Colette, wie ich meinte, ein sehr gutes umgangssprachliches Französisch schrieb, aber man hat mich gebeten, Norah im Kloster nicht mehr zu besuchen.

Norah vertrug trotz ihrer Jugend sehr viel Sherry, und das schon am Nachmittag. Die Donnerstagnachmittage verbrachte sie zum Teil mit mir und zum Teil mit Madame

Porteau, die sie unabsichtlich dazu erzog, eine gewisse Trinkfestigkeit zu entwickeln – eine seltsame Erziehung für ein vierzehnjähriges amerikanisches Mädchen.

Wenn Norah zu uns zu Besuch kam, stellte ich einen Krug Milch und einen Topf Honig auf den Tisch. Ebenso ein Stück süße Butter und ein großes Stück des einfachen Gewürzkuchens, des *pavé de santé*. Dazu gab es in einer großen Schüssel die letzten Herbsttrauben und Pfirsiche.

Wir beide saßen immer am offenen Fenster, hörten den Geräuschen der Straße zu und spielten auf dem schepperigen, tragbaren Grammofon Bach, Debussy und Josephine Baker. Nach den eintönigen Mahlzeiten im Kloster war dieses Essen für meine Schwester einfach die reinste Verzückung und sie aß mit der langsamen, hingebungsvollen Konzentration einer *dévouée*.

Larry war ebenso zufrieden zu stellen. Wenn er zum Abendessen vorbei kam, brachte er immer eine billige, aber gute Flasche Rotwein mit. Auf dem Tisch stellten wir Kerzen auf, weil sich die einzige Glühbirne im Zimmer neben dem Bett in der entgegengesetzten Ecke befand. Es gab immer einen großen Salat und dazu ein Gericht, das ich in einer der Tonkasserollen zubereitete. Ich kochte voller Inspiration und nach den ersten Tagen des Experimentierens mit Herden, Töpfen und den Märkten gelangen mir einige wirklich köstlich duftende und ebenso schmackhafte Speisen.

Unser langer Aufenthalt bei den Rigoulots, bei denen Larry noch immer wohnte, hatte bei uns – vor allem nach Madames komplizierten Saucen – die Lust nach dem Einfachen erweckt. Wenn ich mich recht erinnere, war das Gericht, das wir alle am meisten liebten, ein Blumenkohlauflauf, gefolgt von Brot und Obst. Ich machte den Auflauf so oft, das er für mich so selbstverständlich wurde wie das Niesen, und als ich nach Amerika zurückkam, geriet ich völlig aus der Fassung, als ich herausfand, wie anders er war … in seiner Zubereitung, in seinem Geschmack, einfach in allem.

In Dijon waren die Köpfe klein und sehr saftig, es mag an der uralten Erde dort liegen. Ich trennte die Röschen und gab sie für wenige Minuten in kochendes Wasser. Dann ließ ich sie abtropfen, verteilte sie in einer großen flachen Kasserolle und bedeckte sie mit dicker Sahne und einer großzügigen Schicht von frisch geriebenem Gruyère, jenem schön gummiartigen, der aus dem Jura stammt und nicht aus der Schweiz. Auf dem Markt nannte man ihn *rapé* und man konnte dabei zusehen, wie er zu einem weichen, flockigen Haufen auf ein Stück Papier gerieben wurde.

Ich streute etwas frischen Pfeffer über das Gericht und, ich weiß heute nicht mehr wie, der kleine Blechofen erhitzte alles und ließ den Käse schmelzen, bis er braun war. Die Sahne und der Käse hatten sich zu einer perfekten Sauce vereint und die Röschen waren zart und frisch. Wir säuberten unsere Teller mit knusprigen Brotkrusten und tranken Wein; Al und Larry sprachen davon, Bücher über Aristoteles, Robinson Jeffers und wahrscheinlich über sich selbst zu schreiben, und ich schmiedete ebenso einige große Pläne.

Nach so vielen guten Aufläufen stellte sich heraus, dass ich in Kalifornien keine mehr machen konnte. Das Gemüse war wässerig und es gab keine Sahne, die dick genug, nicht pasteurisiert und frisch war. Der Käse war trocken und ölig, nicht weich und leicht. Für die Sauce musste ich jetzt Mehl verwenden. Ich konnte zwar immer noch ein gutes Gericht zubereiten … aber es war nie mehr so *unschuldig*, so einfach … und wo war das knusprige Brot, wo der ehrliche Wein? Und wo war unser junger, unkomplizierter Hunger?

Ziemlich oft kam Jean Matrouchot zum Mittag vorbei. Abends ging er nie aus und trotzdem kursierten im *lycée* und an der Universität, an der er unterrichtete, Hunderte von Geschichten über seine nächtlichen Ausschweifungen. Ich denke, dass in Wahrheit der Zustand seiner armen Glubschaugen, der es schon bei Tageslicht fast unmöglich machte, dass er etwas in Großdruck lesen konnte, die Nächte in eine absolute Dunkelheit verwandelte. Doch sein Stolz hätte ihn das nie eingestehen lassen. Er war ein Misanthrop und wie die meisten dieser Menschen hatte er zig Freunde, die sich glücklich geschätzt hätten, mit ihm durch die dunklen und gewundenen Straßen spazieren zu dürfen; stattdessen saß er allein in seiner scheußlich eingerichteten ›Junggesellenwohnung‹ und ging nur tagsüber aus.

Er nahm seine Mahlzeiten im Raum für die *pensionnaires* im Restaurant von Racouchot ein. Wenn er zu uns zum Mittagessen kam, kam er uns vor wie jemand, der nach langer Zeit endlich einmal wieder tief Luft einatmen konnte.

»Keine fetten, dunkelbraunen, protzigen Saucen«, murmelte er, indem er sich über seinen Teller beugte und erschnüffelte, was er kaum sehen konnte. »Kein altes Fleisch, das mit Gewürzen erst mumifiziert und dann ausgegraben wurde, damit es wie ein Zombie wieder herumwandern kann! Mein Gott, keine toten Vögel, die bereits an den Knochen verfaulen und sich unter einer Kruste verstecken, mit deren Erfindung fünf Männer ihr Leben lang verbracht haben und die meine Eingeweide zum Auseinanderfallen bringt!«

»Madame«, pflegte Jean zu sagen, schenkte unsere Gläser bis zum Überlaufen mit Rotwein ein, was er nicht sah, und legte seine Serviette sorgfältig auf einen Salat, der etwa einen halben Meter von ihm entfernt stand und der deshalb für ihn unsichtbar war, »*chère* Madame, ein wahrhaftiges Opfer der Gastronomie, ein Entflohener des weltberühmten *Aux Trois Faisans*, eine verhungerte Seele, die für eine Weile aus dem Fegefeuer der *haute cuisine bourguignonne* erlöst wurde, verneigt sich vor Ihnen!«

Jean verbeugte sich dann und ich dankte ihm, Al und ich wischten darauf geschickt die größeren Schäden vom Tisch und wir setzten uns zu einem recht deftigen, aber dennoch feinen Mittagessen zusammen. Jean liebte Kartoffeln, also gab es eine Kasserolle, die ich wie meinen Blumenkohl zubereitete, dazu gab es häufig einen Brunnenkressesalat und Steaks, die auf dem Ofen gebraten wurden. Danach aßen wir ein wenig Käse ... der Brie aus dem Geschäft auf der anderen Seite des Platzes war bei diesem Herbstwetter mit seinen heißen Tagen, aber kühlen Nächten, die verhinderten, dass er zu schnell reif wurde, wundervoll ... und schließlich tranken wir noch etwas Wein.

Jean hatte im letzten Krieg als Übersetzer für die Amerikaner gearbeitet, und wenn er einen guten Tag hatte, erzählte er uns fantastische Geschichten über die friedliche Besetzung von Beaune und von all den heimwehkranken Generälen, die ihn Johnny nannten. An den weniger gutgelaunten Tagen mokierte er sich großmeisterlich wie ein selbstgefälliger Voltaire über meine Studien-Übersetzung von ›Gilpin's Ride‹. An ganz schlechten Tagen gab er Zynismen über die Welt und seinen aufrichtigen Hass auf sie von sich, wie wir sie noch nie gehört hatten, und all das in einem Französisch, das so vollmundig und reif war wie der Käse, den er so liebte.

Er war ein seltsamer, extrem kühler Mann, die Art von Mensch, die nicht beliebt sein will und doch wirklich gute Freunde wie uns hat, die seinen intellektuellen Ansprüchen nicht unbedingt entsprachen. Ich denke oft an ihn und an seinen Hunger nach unserem Essen, aber auch an die Weise, wie er mit halb blinden Augen unsere Gesichter beobachtete, als ob er hinter der ganzen selbstzufriedenen, jugendlichen Torheit etwas sähe, nach dem er suchte.

Er war ganz anders als Miss Lyse. Auch sie kam oft zum Essen zu uns, aber ich glaube nicht, dass sie uns auch nur einmal ansah. Und wenn sie es tat, dann waren wir einfach ein Teil der Menschen, die ihr schon seit ewigen Zeiten zu essen gegeben hatten. Sie war reizend und revanchierte sich für die Einladungen mit ihrem hohen Unterhaltungswert, und während sie uns unterhielt, aß sie mit der unersättlichen Gier eines jungen Vogels.

Ich weiß nicht, wie sie stets so viel essen konnte. Sicher war es das Ergebnis von jahrelanger Erfahrung, Jahren, in denen sie nicht wusste, wann sie wieder etwas Gutes zu essen bekäme. Sie war wie ein Eichhörnchen, ausgestattet mit versteckten Backentaschen für die Zukunft. Norah, Larry und Jean Matrouchot waren im Vergleich zu ihr spindeldürre Gespenster, und Mahlzeiten, die für sechs von uns ausreichten, schmolzen dahin bis auf wenige Krumen, noch bevor ich sie eigentlich aufgetragen hatte. Ihre Umgangsformen waren tadellos und sie sprach unablässig in ihrer komischen Mischung aus Kinder-Englisch und

London-Französisch, dennoch war das Mittagessen vertilgt, während Al und ich noch mit dem Salat oder den Törtchen beschäftigt waren.

Manchmal stellte ich sie auf die Probe; ich bereitete eine große Schüssel mit zwei Kilo belgischen Endivien zu, in dicke Stücke geschnitten, mit marinierten grünen Bohnen, süßen, roten Paprikas und Schnittlauch gemischt. Dazu gab es einen großen Fischeintopf mit Pilzen und weiterem Gemüse in Sahne. Außerdem kaufte ich kalorienschwere Torten bei *Michelin.* Al und ich lehnten uns bald in unseren Stühlen zurück, wie betäubt hörten wir ihr zu und beobachteten sie. Miss Lyse war wie eine Figur aus einem Disney-Film ... knabbern beißen kauen knabbern knabbern ... durch alles, was auf dem Tisch stand, so dass es uns schließlich überhaupt nicht überrascht hätte, wenn sie, ohne ihre Konversation zu unterbrechen, mit einem Aufblitzen ihrer wachen, dunklen Augen und mit einer schnellen Bewegung ihres Kopfes elegant über die Teller selbst hergefallen wäre und dann über die Bücher, die auf dem Kaminsims standen, Shakespeare, Konfuzius, *Claudine à L'Ecole ... Les Croix de Bois, The Methodist Faun* ... knabber knabber knirsch.

»Es war so köstlich, meine Lieben«, sagte sie stets am Ende, wischte sich den Mund ab und erhob sich mit einer flinken Bewegung. »Sie sind höchst gütig zu einer alten Dame. Und nun möchte ich Ihnen danken und dann muss ich schon gehen. Die Gräfin Malinet de Rinche ist von ihrem Landsitz in die Stadt gekommen und ich bin mit ihr zum Tee verabredet. Es war *solch* ein netter kleiner Lunch! Treffen wir uns nächste Woche am gleichen Tag, was meinen Sie? Dann kann ich Ihnen alles über die liebe Gräfin erzählen! Ihre Söhne! *Mon Dieu!*« Und Miss Lyse gab mir einen trockenen, süßlich riechenden Kuss auf beide Wangen und war bereits aus der Wohnung, noch bevor wir aufgestanden waren.

War sie tatsächlich mit dieser unbekannten Gräfin – Wie-heißt-sie noch? – zum Tee verabredet, deren Söhne uns noch weniger interessierten als tote Meeresfrüchte? Würde sie etwas essen, bevor sie wieder zu uns kam? Hatte sie überhaupt genug *sous* für Brot? Wir fanden es nie heraus. Ich machte mir deswegen Sorgen und ich beschloss, neun statt sechs Karamelltörtchen für den ›kleinen Lunch‹ zu kaufen, den sie, wie uns klar war, nicht vergessen und genau in einer Woche bei uns zu sich nehmen würde ...

Nach der letzten Invasion der Deutschen erhielt ich einen Brief von ihr. Er war voller Elan und amüsant, obgleich sie damals fast einhundert Jahre alt gewesen sein musste. Man hatte sie in ein jämmerliches, kleines Dorf in der Nähe von Clermont-Ferrand evakuiert, dort hatte sie alle Kinder zu einer Musikgruppe zusammengestellt, um die Tommies in ihrer eigenen Sprache zu begrüßen, als sie in das Dorf einmarschierten. Sie erzählte nichts über sich selbst ... aber ich bin fest davon überzeugt, dass sie, so lange es einen Funken Leben in diesem stolzen kleinen Körper gab, ihre Krumen finden würde.

⚜

Eines Abends gegen zehn Uhr, ungefähr eine Woche nachdem Al seine Doktorwürde an der *faculté* erhalten hatte, blieben wir auf dem Heimweg von einem festlichen Abendessen stehen und sahen uns eine Minute lang in der kalten Straße an. Ich erinnere mich noch daran, dass es der Abend vor Weihnachten war. Ohne ein Wort zu sagen, liefen wir dann zum Bahnhof. Wir kauften zwei Fahrkarten nach Straßburg für den Mitternachtszug und nicht erst für den Zug eine Woche später, wie wir es eigentlich geplant hatten.

Die meisten unserer Habseligkeiten waren in unserer Wohnung bereits reisefertig. Wir baten den Bahnhofsvorsteher darum, dass er sie uns in ein oder zwei Tagen nachschicken sollte. Ich traf ebenso Vorkehrungen dafür, dass Norah nächste Woche aus ihrem Kloster in das Schwesternkloster in Straßburg kam. Dann rannten wir die Gassen zu unserer Wohnung hinunter, schreckten den zerknautschten Konditor auf, der unter uns in seinem Laden mit dem verleumderischen Namen *Au Fin Gourmet* wohnte, und regelten innerhalb von fünf Minuten alle Angelegenheiten wie Rückvergütung, Steuern und Mietvertragsfragen, mit denen er gern fünf Stunden verbracht hätte. Wir warfen einige letzte Sachen in einen Koffer und ich schrieb Norah hastig eine Nachricht, die ihr am nächsten Morgen zugestellt werden sollte, in der stand, dass ich sie in einer Woche abholen würde.

Wir ließen die Tür unserer lieb gewonnenen kleinen Wohnung offen stehen, ohne einen Blick des Bedauerns oder der Dankbarkeit zurückzuwerfen, und als wir schließlich im Buffet de la Gare saßen und einen letzten Kaffee mit einem Gepäckträger zu uns nahmen, der in den letzten Jahren unser Freund geworden war, atmeten wir schließlich wieder auf.

Wir befanden uns auf der Flucht. Wir flüchteten vor der weltberühmten burgundischen Küche. Wir schlichen uns fort, weg von diesen opulenten Abendessen-Gesellschaften, die, dessen waren wir gewiss, uns spätestens in der nächsten Woche umgebracht hätten.

Seit Als erfolgreicher und amüsanter öffentlicher Verteidigung seiner Dissertation, die im Amphitheater der *faculté* fast ebenso viele Menschen anlockte wie der letzte Besuch eines reiselustigen Regenten vom Balkan, wurden wir mit Einladungen überschwemmt. Die meisten kamen von Anwälten, Vicomten und sogar Professoren, die trotz der offensichtlichen Herzlichkeit, die der Dekan der *faculté* und der Rektor uns gegenüber gezeigt hatten, uns über ihre Zeitungen hinweg misstrauisch beäugt und bis jetzt darauf gewartet hatten, Al und mir die Ehre ihrer gesellschaftlichen Anerkennung zu erweisen. Fast drei Jahre lang hatten sie uns beobachtet und zu ihrem Erstaunen festgestellt, dass wir uns völlig anders verhielten als frühere amerikanische Studenten: Wir blieben; wir betranken uns nicht; Al arbeitete tatsächlich so hart, dass er eine akademische Auszeichnung erhielt, und ich ließ andere Männer in Ruhe, obwohl ich die gleiche Lippenstiftfarbe trug wie die feineren Freudenmädchen. Nun waren wir gesellschaftsfähig. Al hatte sich das Recht erworben, eine kleine, runde Kappe zu tragen, die mit Kaninchenfell gesäumt war, und ich hatte unter allen Frauen nun das Glück, mich darauf freuen zu können, eines Tages die Gattin eines ordentlichen Professors anstatt eines einfachen Lehrers zu sein.

»Eigentlich sind sie doch ganz bezaubernd«, tuschelten sie sich in den auserwähltesten Salons von Dijon zu. »Lunch? Ein kleines Dinner?«

Nach all den wohltuenden Monaten als Wiesenunkraut waren wir plötzlich gefragt wie Katzenminze. Die verschlossenen Türen öffneten sich weit und wir ertranken in einem Meer von Burgunds besten Jahrgängen, den Perlen von Reims und dem Feuer von Cognac. Schnecken, *patés, quenelles de brochet*; immer ein großer, gekühlter Fisch *in toto* auf einer Silberplatte; Wildbret und Fasane mit köstlichen, braunen, wohlriechenden Saucen, ausgeklügelte Eiscremekreationen mit alkoholgetränkter Schlagsahne … und all das serviert zum gewichtigen Summen gepflegter Konversation, die einerseits herablassend, andererseits fast ehrfurchtsvoll war: Es war einfach zu viel für uns. Die unerwartete Belastung in der Vorbereitung auf das Doktorat und dann diese wohlwollende Flut gastfreundlicher Neugier gaben uns das Gefühl, dass wir Ruhe und Entspannung brauchten, andernfalls würden wir sterben.

Und deshalb versteckten wir uns in dieser kalten Dezembernacht in jener Bahnhofsschenke. Wir fühlten uns von einem Augenblick auf den anderen erholt, da wir wussten, dass unser Zug bald kommen würde. Wir würden Telegramme schicken … ich würde Briefe schreiben … Unser Freund, der Gepäckträger, verfrachtete uns in das Abteil. Wir gaben uns die Hand. Der Zug ruckelte eine Minute lang, dann setzte er sich langsam in Richtung Norden in Bewegung.

# Drei Rezepte nach MFK Fisher

**Soufflé au Fromage**
(Käsesoufflé)

Für 4 Personen

4 EL Butter
1 EL geriebener Schweizer Käse
3 EL Mehl
1 Tasse heiße Milch
½ TL Salz
1 Prise weißer Pfeffer
4 Eigelb
6 Eiweiß
1 Tasse geriebener Schweizer-, Gruyère- oder Comté-Käse

Backofen auf 200° vorheizen. Boden und Seiten einer Auflaufform von 8 Tassen Inhalt mit 1 EL Butter einfetten, dann mit 1 EL geriebenem Käse ausstreuen und zur Seite stellen. In einem 2 bis 3 l fassenden Topf lässt man 3 EL Butter bei mäßiger Hitze aufschäumen, rührt mit einem Holzlöffel 3 EL Mehl hinein und lässt es auf schwacher Hitze unter ständigem Rühren ca. 2 Minuten aufkochen. Der *roux* (Mehlschwitze) darf nicht braun werden. Topf vom Feuer nehmen, die heiße Milch dazu gießen und gut mit dem *roux* vermischen. Salz und Pfeffer hinzufügen und bei schwacher Hitze unter ständigem Rühren weiterkochen, bis die Sauce glatt und dick ist. Dann nimmt man den Topf vom Feuer und schlägt das Eigelb nacheinander hinein. Zur Seite stellen.

Mit einem großen Schneebesen oder Handrührer das Eiweiß steif schlagen. Zunächst einen großen Löffel voll Eischnee in die bereitstehende Sauce einrühren, danach – bis auf 1 EL – den restlichen geriebenen Käse hineingeben. Mit einem Spachtel den Rest des Eischnees leicht – von oben nach unten – unterziehen. Vorsichtig die Soufflémasse in die vorbereitete Form gießen. Sie sollte etwa drei Viertel voll sein. Die Oberfläche glätten und den restlichen Esslöffel Käse darauf streuen. Das Soufflé auf die mittlere Schiene des Ofens stellen und die Hitze sofort auf 180° herunterdrehen. Ca. 30 Minuten backen, bis das Soufflé ungefähr 2 cm über den Rand aufgeht und die Oberfläche leicht gebräunt ist. Sofort servieren.

## Tripes à la Mode de Caen
(Kutteleintopf)

Für 8 bis 10 Personen

2 ½ kg kochfertige Kutteln
4 kochfertige Kalbfüße, gespalten und die Knochen entfernt, oder 2 zersägte Kalbsknochen und ein 20 × 8 cm großes Stück frische oder gesalzene Speckschwarte
3 Zwiebeln, geschält und halbiert
3 Karotten, geputzt und in Stücke geschnitten
4 Lauchstangen oder 2 halbierte Zwiebeln
1 Bouquet garni
1 ½ EL Salz
3 Tassen herber Apfel- oder Weißwein
3 Tassen Hühnerbrühe
1 ½ Tassen Calvados oder einfacher Apfelschnaps
250 g Rinderfett, in 3 mm dicke Platten geschnitten
2 EL feingehackte frische Petersilie

Kuttelstücke in 4 cm große Quadrate schneiden. In einer flachen Schüssel unter kaltem Wasser so lange spülen, bis das Wasser klar bleibt. Gründlich in einem Sieb ablaufen lassen. In der Zwischenzeit die Kalbsfüße (oder Kalbsknochen und Speckschwarte) in einem großen Topf blanchieren. Dann die Füße in einem Durchschlag ablaufen lassen und in kaltem Wasser abwaschen. Den Backofen auf 120° vorheizen. Die Zwiebeln, Karotten, Lauchstangen und das *bouquet garni* auf dem Boden einer schweren 6 bis 8 l fassenden feuerfesten Kasserolle ausbreiten. Kutteln darauf legen und salzen. Die Kalbsfüße kommen obenauf. Den herben Apfel- oder Weißwein, die Brühe und den Calvados dazugießen. (Gesüßten Apfelwein oder Apfelsaft kann man nicht verwenden.) Falls nötig, Brühe oder Wasser zugeben, um alle Zutaten zu bedecken. Die Speckschwarte lose auf die Oberfläche legen. Die Kasserolle dann mit einer doppelten Lage Alufolie abdecken, den Deckel darauf geben und die Alufolie verschnüren. Auf der Herdplatte bis zum Siedepunkt erhitzen. Die Kasserolle in einen großen Bräter stellen und auf die mittlere Schiene des Ofens setzen. Dort das Gericht bis zu 16 Stunden garen lassen. Danach die Kasserolle aus dem Ofen nehmen, Folie entfernen. Kalbsfüße herausnehmen, ebenso das Gemüse und das *bouquet garni.* Die Kutteln und den ganzen Saft schüttet man in ein feines Sieb und fängt die Flüssigkeit in einer großen Rührschüssel auf. Nachdem die Kutteln abgetropft sind, gibt man sie in eine 3 bis 4 l fassende Kasserolle. Die Sauce 5 Minuten setzen lassen und soviel Fett wie möglich von der Oberfläche abschöpfen. Abschmecken, über die Kutteln gießen und alles noch einmal erhitzen. Mit Petersilie bestreuen und sofort servieren. Es ist wichtig, das Gericht auf heißen Tellern zu servieren, da die Kutteln sehr schnell gallertartig stocken, sobald sie kühl werden.

**Diplomate au Kirsch**

(Garnierte Eiercreme mit glasierten Früchten)

Für 10 bis 12 Personen

½ Tasse Kirschwasser
½ Tasse gewürfelte, gemischte kandierte Früchte
2 Dutzend beste Löffelbisquits
1 ½ Päckchen Gelatinepulver oder 8 Blatt Gelatine
1/3 Tasse Wasser
1 Tasse Milch
5 Eigelb
¼ Tasse Zucker
1 ½ Tassen eisgekühlte süße Sahne
½ Tasse Aprikosenmarmelade

Gewürfelte, kandierte Früchten in ¼ Tasse Kirschwasser einweichen und beiseite stellen. Den Boden einer 2 l fassenden Auflaufform von 8 bis 12 cm Tiefe mit Pergamentpapier auslegen. Danach die Löffelbisquits in leicht spitz zulaufende Keile von etwa 1 cm Durchmesser schneiden und mit der gewölbten Seite nach unten kreisförmig auf das Papier legen. (Die zerbröckelten Abschnitte für später aufheben.) Weitere Löffelbisquits dicht aneinander am Rand der Form aufstellen und alles, was über den Rand hinausragt, abschneiden. Beiseite stellen.
Gelatine in ¼ Tasse Wasser geben und nach ca. 3 Minuten bei kleiner Flamme unter ständigem Rühren auflösen. Warm halten. In einem Topf die Milch erhitzen, bis sich am Topfrand Bläschen bilden, dann vom Herd nehmen. Mit dem Schneebesen oder Handrührer das Eigelb und den Zucker ca. 4 Minuten schlagen. Heiße Milch zum Eigelb geben. Gründlich vermischen und auf kleiner Flamme un-

ter ständigem Rühren bis zum Siedepunkt erhitzen (nicht kochen!), bis die Eiercreme zu dicken beginnt.
Topf vom Feuer nehmen und die aufgelöste Gelatine in die Eiercreme rühren. Gut vermischen und die Masse durch ein feines Sieb in einen Rührbecher gießen. Mit dem Schneebesen oder Handrührer die Sahne in einer eisgekühlten Schüssel steif schlagen. Den Rührbecher mit der Eiercreme in einen großen Topf mit Eiswasser setzen. Die Eiercreme ca. 5 Minuten glatt rühren. Dann die Schlagsahne mit einem Gummispachtel unter die Eiercreme ziehen und die kandierten Früchte und das Kirschwasser unterheben.
Die Aprikosenmarmelade in einen kleinen Topf mit dem restlichen Kirschwasser geben und auf mäßiger Hitze unter ständigem Rühren aufkochen. Die Löffelbisquits in der Form dünn mit der heißen Aprikosenglasur bestreichen. Dann im Wechsel Eiercreme und Bisquits (auch Bruchstücke) schichten. Ca. vier Stunden in den Kühlschrank stellen, bis die Creme steif ist.
Um die *diplomate* zu stürzen, mit einem scharfen Messer rings am Innenrand der Form entlang schneiden und den Boden einige Sekunden in heißes Wasser tauchen. Vor dem Servieren in den Kühlschrank stellen.

**Bildnachweis**

Aus dem Nachlass MFK Fishers: 87, 89, 93, 94
Bibliothèque Municipale, Dijon: 2/3, 88, 91, 92
George Conrad: 90 (mit freundlicher Genehmigung von Jean-François Bazin)

Die Originalausgabe erschien unter dem Titel
*Long Ago In France.*

FSC
www.fsc.org
MIX
Papier aus verantwortungsvollen Quellen
FSC® C083411

Verlagsgruppe Random House FSC-DEU-0100
Das für dieses Buch verwendete
FSC®-zertifizierte Papier *Lux Cream*
liefert Stora Enso, Finnland.

1. Auflage
Genehmigte Taschenbuchausgabe Juli 2012
btb Verlag in der Verlagsgruppe Random House GmbH, München

Published by arrangement with the original publisher Simon & Schuster, Inc.
Umschlaggestaltung: © semper smile, München
Umschlagmotiv: © Madamour, Christophe/the food passionates/Corbis
Druck und Einband: CPI – Clausen & Bosse, Leck
MI · Herstellung: BB
Printed in Germany
ISBN 978-3-442-74124-3

www.btb-verlag.de
Bitte Besuchen Sie auch unseren LiteraturBlog www.transatlantik.de.